IA GENBERG

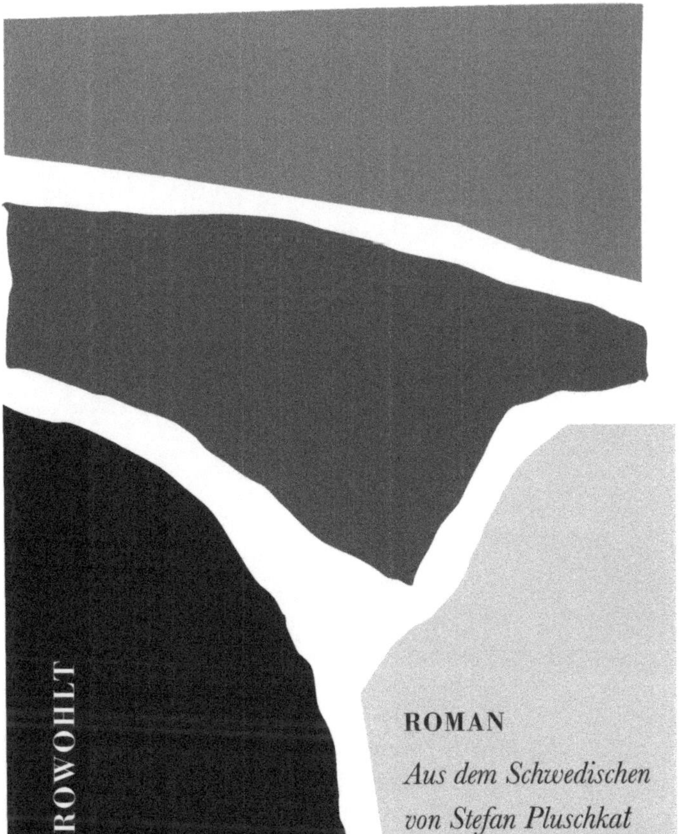

ROWOHLT

ROMAN

Aus dem Schwedischen
von Stefan Pluschkat

DIE DETAILS

Die Originalausgabe erschien 2022 unter dem Titel
Detaljerna im Weyler förlag, Stockholm.

Der Verlag dankt dem Swedish Arts Council
für die Förderung der Übersetzung.

KULTURRÅDET

Deutsche Erstausgabe
Veröffentlicht im Rowohlt Verlag, Hamburg,
September 2023

Satz aus der Baskerville MT Std bei
Dörlemann Satz, Lemförde
Druck und Bindung CPI books GmbH, Leck
ISBN 978-3-498-00333-3

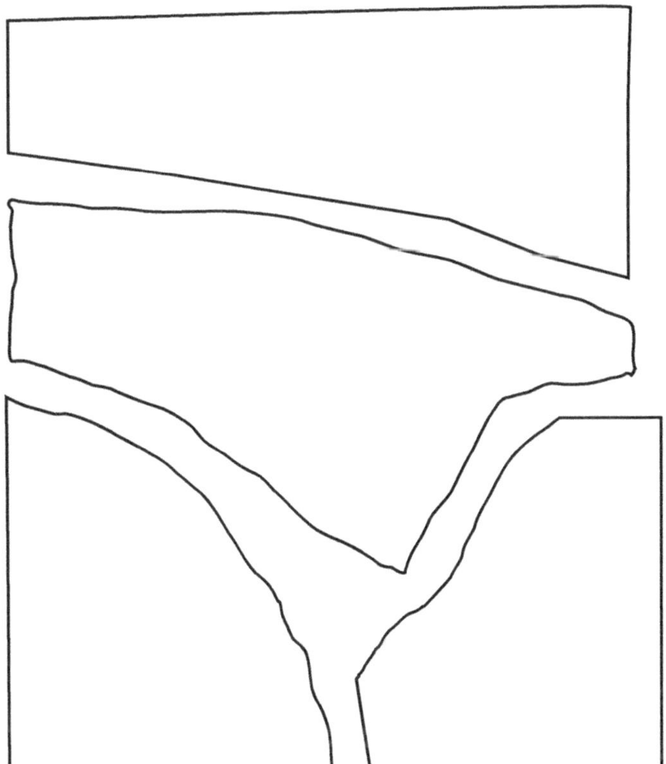

I

JOHANNA

Nach einigen Tagen mit dem Virus im Körper bekomme ich Fieber und verspüre das plötzliche Bedürfnis, einen bestimmten Roman wieder zu lesen, und erst als ich mich im Bett aufsetze und das Buch aufschlage, begreife ich, warum. Auf dem Vorsatzblatt steht mit blauem Kugelschreiber in unverkennbarer Handschrift geschrieben:

29. Mai 1996
Werd schnell gesund.
Im Fyra Knop gibt's Crêpes und Cidre.
Ich warte, bis wir wieder zusammen hinkönnen.
Küsse (die lieber auf deinen Lippen wären),
Johanna

Damals war es Malaria, übertragen von einer ostafrikanischen Mücke ein paar Wochen zuvor in einem Zelt am Rand der Serengeti, ausgebrochen kurz nach unserer Heimkehr und behandelt im Städtischen Krankenhaus Hudiksvall, wo niemand aus meinen Werten schlau wurde; als die Diagnose endlich feststand, eilte die gesamte ärztliche Belegschaft herbei, um die Frau mit dem exotischen Leiden zu begaffen. Hinter meiner Stirn loderte ein Feuer, und jeden Morgen in der Klinik weckten mich in der Dämmerung mein eigenes Keuchen und Kopfschmerzen, wie ich sie nicht kannte. Nach unserer Rückkehr aus Ostafrika war ich nach Hälsingland gefahren, um meinen todkranken Großvater zu besuchen, und dann selbst erkrankt und dem Tod mit knapper Not entwischt. Gut eine Woche war ich im Krankenhaus, und als Johanna mir das Buch schenkte, lag ich in unserem Schlafzimmer in Hägersten, nachdem ein Krankentransport mich nach Hause gebracht hatte, mit Zwischenstopp in Uppsala zwecks Leberbiopsie. Was die Untersuchung ergab, weiß ich nicht mehr, überhaupt habe ich nur wenige Erinnerungen an jenen Frühsommer, doch unsere Wohnung werde ich nie vergessen, und nicht das Buch, und niemals sie. Der Roman verschmolz mit dem Fieber und den Kopfschmerzen, und von damals spannt sich ein Faden bis zu diesem Nachmittag, eine Gefühlsader, durchströmt von Fieber und Gefahr, die mich jetzt ans Bücherregal treibt, um diesen einen Roman zu finden. Das hartnäckige Fieber und die Kopfschmerzen, das Gewimmel ängstlicher Gedanken hinter meinen Lidern, das Wispern einer nahenden Not – ich kenne das, weil ich es bereits erlebt habe, mit all den Schachteln fiebersenkender Tabletten, die mir nicht helfen, auf dem Fußboden neben dem Bett, und den Sprudelwasserflaschen, mit denen ich erfolglos meinen Durst zu stillen versuche. Schließe ich die Augen, ziehen Bilder an mir vorbei: Pferdehufe in einer öden Wüste, feuchtes Kellerdunkel, bevölkert von stummen Gespenstern, konturlose Körper, riesenhafte Vokale, die mich anschreien, sprich das Standardmenü der Albträume seit meiner Kindheit, gewürzt mit einer Prise Tod und Vergehen bei dem Gedanken an die Krankheit.

Die Literatur war Johannas und mein liebstes Spiel, wir stellten einander Autorinnen und Autoren vor, Motive, literarische Epochen und Regionen, einzelne Werke, älteren und neueren Datums, aus allen erdenklichen Genres. Wir hatten ähnliche Vorlieben, unterschieden uns aber genug, sodass unsere Gespräche darüber interessant blieben. In manchen Dingen waren wir uneins (Oates, Bukowski), einiges ließ uns gleichermaßen kalt (Gordimer, Fantasy), anderes liebten wir beide (Östergren, Krilon, Lessing). Ihre Haltung zu einem Buch erkannte ich daran, wie schnell sie las. Beeilte sie sich (Kundera, Krimis), war sie gelangweilt und wollte rasch zum Ende kommen; ging es nur schleppend voran (*Die Blechtrommel*, Science-Fiction), langweilte sie sich zwar auch, musste jedoch mehr Mühe auf die Lektüre verwenden. Sie fühlte sich verpflichtet, jedes Buch bis zur letzten Zeile zu lesen – so, wie sie auch sämtliche Kurse, Hausarbeiten und Projekte abschloss. Sie trug tief verankerten Gehorsam in sich, Demut gegenüber ihren Aufgaben, so frustrierend sie auch sein mochten. Vermutlich hatte sie das von zu Hause mitbekommen, von ihren kreativen, unerschütterlich zielstrebigen Eltern. Johanna selbst meinte, Dinge zu vollenden sei ein Weg, sich den Rücken freizuhalten, für die Zukunft sich das zu sichern, was sie *clean sheets* nannte. Für Johanna gab es nur eine Richtung im Leben, vorwärts, immer vorwärts. Darin waren wir grundverschieden, brachte ich doch die wenigsten größeren Projekte zu Ende. Nach einem Jahr als Kassiererin im Pressbyrån hatte ich einige Studiengänge begonnen, sie jedoch abgebrochen oder für unbestimmte Zeit auf Eis gelegt, ehe ich mich ernsthaft dem Schreiben zugewandt hatte. Doch auch nach dem

Entschluss, mich an einem Leben als Vollzeitschriftstellerin zu versuchen, geriet ich auf der eigenhändig abgesteckten Bahn ins Schlingern und streifte ganze Tage durch Aspudden, Mälarhöjden, Midsommarkransen und Axelsberg. Damals haftete den Vierteln nicht weit von der Stockholmer Innenstadt noch etwas Raues an, es gab Motorradclubs, Tätowierläden und kellerschwarze Videotheken mit Sonnenbank. Die U-Bahn-Stationen waren düster, dreckig. Alle möglichen Menschen lebten dicht an dicht, Geschäftsleute, die mit ihren Aktentaschen ins Büro eilten, Kunstschaffende, die für wenig Geld Ateliers in Industriegebieten mieteten, Drogensüchtige in Wohnblocks, die alle naselang von der Polizei durchkämmt wurden, alte Zausel mit Bierflaschen und sonnenverbrannten Nasen auf dem Marktplatz; sie alle lebten Tür an Tür in den dreistöckigen Mehrfamilienhäusern entlang der gewundenen Hauptstraßen, im Erdgeschoss Geschäfte mit niedrigen Decken und exotischen Gewürzen oder einfache, in Brauntönen eingerichtete Restaurants mit Mittagstisch, wo ich oft frühnachmittags an einem Ecktisch saß, vor mir ein leerer Teller auf einem Plastiktablett, den letzten Schluck Leichtbier trank und die Leute beobachtete. Außerdem auf dem Tisch: ein Notizbuch und ein sorgsam ausgewählter Stift, den ich nur selten zur Hand nahm. Vielleicht erweckte ich den Anschein, mit Leidenschaft bei der Sache zu sein, aber das war ich nicht, auf meinem Nachttischstapel lagen immer ein, zwei Bücher, bei denen ich in der Mitte feststeckte. Am liebsten waren mir Geschichten, von denen ein unwiderstehlicher Sog ausging. Das traf auch auf die meisten anderen Dinge zu, und deshalb gab es kaum Verpflichtungen in meinem

Leben, womöglich zu wenige. Streng genommen wehrte ich fast jede Verpflichtung sofort ab. Eine wenig förderliche Strategie, um sich *clean sheets* zu schaffen, doch für Johanna stellte meine Trägheit vor allem eine Herausforderung dar, glaube ich. Ihr Tempo und ihr Enthusiasmus spornten mich an, brachten Dinge ins Rollen. Vielleicht war ich mir unserer Beziehung deshalb so sicher. Johanna hatte mich angefangen und dachte nicht daran, mich aufzugeben. Sie würde nicht gehen, sich niemals dem Impuls beugen, mich verlassen zu wollen. Ich machte mich locker, gab mich ihr hin. Johanna war so gewissenhaft, so leidenschaftlich, so loyal. Könnte sie je erwägen, mit mir Schluss zu machen? Nein, dachte ich. Nein, niemals.

Und jetzt halte ich *Die New-York-Trilogie* in der Hand, Auster, klaustrophobisch, aber geschmeidig, simpel und bizarr, paranoid und nüchtern, zwischen den Wörtern ein offener Himmel. In dem Punkt waren Johanna und ich einer Meinung, und als das Fieber ein paar Wochen später sank, las ich das Buch noch mal und suchte nach Unzulänglichkeiten, wollte sehen, ob ich den Text durchschauen oder mich langweilen würde, doch ich entdeckte nicht eine Schwachstelle, und als ich kurz darauf *Mond über Manhattan* las, war ich ebenso hingerissen. Von dem Augenblick an war Auster eine Art Himmelsrichtung für mich, lesend wie schreibend – auch wenn ich ihn mit der Zeit aus den Augen verlor und mir nicht mehr jedes neue Buch gleich nach Erscheinen besorgte. Seine Schnörkellosigkeit wurde ein Ideal, das erst an seinen Namen geknüpft war und dann ohne ihn weiterlebte. Manche Bücher stecken einem in den Knochen, obwohl man die Details und Namen längst vergessen hat, und als ich Jahre später das erste Mal in Brooklyn war, suchte ich sofort nach Austers Adresse, als wäre es das Natürlichste der Welt. Das neue Jahrtausend war jung, und Johanna hatte mich vor langer Zeit verlassen, für eine andere, ohne Vorwarnung, brutal und eiskalt. Damals, als ich in Brooklyn die Eingangstreppe des Brownstones anstarrte, in dem Paul Auster und Siri Hustvedt lebten und schrieben, war ich mit einem Mann zusammen, der in einem Café in der Nähe mit meiner Tochter Pancakes aß. Ausgelöst durch die verwickelte Natur der Zeit, überkam mich dort in Park Slope das Gefühl, Johanna stünde dicht neben mir, als hörte ich sie eine Bemerkung über den Zufall äußern, die ich erst sehr viel später verstehen würde, als nähmen wir beide, Schulter an Schulter, eine Bewegung hinter einem der Vorhänge im ersten Stock wahr.

So wie das Fieber jetzt installierte auch die Malaria eine Art Unendlichkeit in meinem Körper, als würde die Krankheit nie enden. Wir hatten zwei Freundinnen von ihr besucht, beide in der sogenannten «Entwicklungshilfe» aktiv, was offenbar alles Mögliche bedeuten konnte. Selbst nach zwei gemeinsamen Wochen konnte ich nicht sagen, worin ihr Auftrag bestand; eine drehte einen Film für eine Organisation, der eventuell auf einer Konferenz gezeigt werden würde, falls die Konferenz stattfand und der Film rechtzeitig fertig wurde, die andere schien in erster Linie dabei zu sein, um das Kamerastativ zu schleppen. Sie würden drei Monate bleiben und danach weiter in Richtung Süden reisen. Die Nacht im Zelt am Rand der Serengeti war unsere letzte im Land, und obwohl Johanna und ich uns ein Moskitonetz teilten, bekamen wir beide nichts von der Mücke mit, die mich stach, erst auf dem Rückflug entdeckte ich drei juckende Stiche in der Armbeuge. Johanna war mit heiler Haut davongekommen. Das Fieber hielt sich nur zwei, drei Wochen, vielleicht vier, doch es kam mir vor, als wäre ich monatelang ans Bett gefesselt. Johanna kühlte meine Stirn und brachte mir Gebäck aus der Konditorei am Markt, winzige Teilchen, meinem mäßigen Appetit entsprechend. Meine Beckenknochen zeichneten sich unter der Haut ab, und Johanna sagte, sie sei besorgt, doch insgeheim schien sie fasziniert von dem Anblick. Sie kochte Suppen mit Sahne und röstete Brotscheiben im Ofen, die später vor Butter troffen. Ich war ihr dankbar, für das Essen, die Geschenke und die Taschenbücher, die sie mit poetischen Widmungen versah. Sie kam aus Täby, aus einer fürsorglichen Familie, obere Mittelschicht, in der solche Geschenke gang und gäbe waren, bei jeder passenden und unpassenden Gelegenheit, elegant verpackt, ein hübsches Kärtchen unter die Schleife gesteckt. Die Übergabe hatte jedes Mal etwas Feierliches an sich, ganz gleich, wie klein das Geschenk war, selbst wenn sie es nur beim Mittagessen über den Tisch schob. In Johannas Welt ging es bei Geschenken nicht allein um den Inhalt und die Verpackung, sondern auch um die Überraschung und den richtigen Zeitpunkt, um das Verhältnis zur Vergangenheit und zu einer potenziellen Zukunft. Jedes Geschenk war Teil eines Geflechts aus Referenzen, Augenzwinkern und Informationen zwischen den Zeilen. Mit der Zeit wurde die angehäufte Geschenkemenge zu einer Last, da ich hoffnungslos hinterherhinkte. Johannas Geschenke waren zu zahlreich, zu teuer, zu verheißungsvoll, anders als ich besaß sie ein Auge fürs Schöne, stöberte in einem Museumsshop die perfekte Uhr auf, in einem Kino, dem die Schließung drohte, ein auf Blech gezogenes Filmplakat. Beide Geschenke habe ich aufbewahrt, und früher haben meine Kinder gefragt, wer diese Monika sei und mit wem sie diese Zeit in Schwarz-Weiß verlebt habe, die Uhr liegt in einem Kulturbeutel, kaputt und ohne Armband, aber eine auch nur annähernd so schöne habe ich bis heute nicht gefunden. Angestachelt von Johannas brutalem Abschied, entsorgte ich damals einen Teil der Geschenke und verstaute andere auf dem Dachboden, bis sich meine Gefühle beruhigt hätten. Um Geld ging es Johanna bei den Geschenken nie. Für sie war Geld kein Thema. Im Gegensatz zu uns anderen musste sie keinen Studienkredit aufnehmen (wir lernten uns in einem Journalismus-Seminar an der Uni kennen), sondern besaß eine Visakarte für ein Konto, das ihre Eltern immer wieder auffüllten. Für mich, die mit sechzehn von zu Hause ausgezogen war und seitdem auf eigenen Beinen stand, ging jede Ausgabe mit einem Opfer an anderer Stelle einher. Von den Büchern abgesehen, bezweifle ich, dass Johanna auch nur eins meiner Geschenke aufgehoben hat: die Pocketkamera, den Morgenmantel aus künstlicher Seide, die eingerahmten Illustrationen eines Comickünstlers, der damals hoch im Kurs stand und mittlerweile vergessen ist. Mir flößten die Geschenke und der Akt des Schenkens ein Gefühl von Minderwertigkeit ein, da ich ständig darüber nachgrübelte, wie günstig und spärlich sie im Verhältnis zu ihren Geschenken ausfielen. Verglichen mit Johanna fühlte ich mich plump und wurde mir plötzlich der Bedeutung von Geld und den Folgen eines angeborenen Mangels an gutem Geschmack bewusst. Sonst existierten diese Themen nur im Unterholz unseres Zusammenlebens, wir redeten nicht darüber. Vielleicht trugen Johannas Geschenke auch eine gewisse Gewalt in sich, eine triumphierende Überlegenheit, die sie jedes Mal zur Schau stellte, wenn sie mir eine Schachtel über den Tisch zuschob (eine Kette mit tropfenförmigem Silberanhänger), ein riesiges Paket im Wohnzimmer platzierte (Skier mit den dazugehörigen Skischuhen und ein Eisdorn), ein in Geschenkpapier eingeschlagenes, fast druckfrisches Buch aufs Kopfkissen legte (Tranströmers *Trauergondel*) oder einen Karton aus der Konditorei Gunnarsons kurz vor meinem Gesicht schwenkte und dann zwischen unsere Teetassen auf den Tisch stellte. Ihre Großzügigkeit kostete sie nichts, doch das Wissen, dass ich nicht mithalten konnte, ermöglichte ihr ein Gefühl von Macht. War ich blank, füllte sie den Kühlschrank und die Regale auf, mit Käse aus der Markthalle, frisch gepressten Säften und frisch gemahlenem Kaffee in braunen Papiertüten aus der Rösterei in der Linnégatan. Einmal, vermutlich kurz nach der Trennung, kam mir der Gedanke: Ist das strukturelle Gewalt – jemanden unterschwellig zu belehren, was ein Geschenk ist, wo man es zu besorgen und wie zu überreichen hat? Dass man unter keinen Umständen die billigste Hose, das billigste Pesto, den billigsten Computer oder die billigste Pfanne kauft, wie ich es immer getan hatte, sondern stets das Beste vom Besten? Erst Jahre später begriff ich, dass meine Theorien über die latente Gewalt der Geschenke nichts als Hirngespinste waren, entsprungen der Erfahrung des Verlassenwerdens, nachträglich konstruiert von einem grollvernebelten Bewusstsein. Johanna hatte mir *Die New-York-Trilogie* mit den besten Absichten geschenkt, und die beschriebenen Küsse (die lieber auf meinen Lippen wären) waren so echt, wie blaue Kugelschreiberküsse auf einem Vorsatzblatt nur sein können.

Mit Fieber zu lesen ist ein Glücksspiel, der Inhalt kann sich augenblicklich in Luft auflösen oder tief in jene Bewusstseinslücken einsickern, die die erhöhte Körpertemperatur bloßlegt. Das ist der Grund, warum *Die New-York-Trilogie* mich damals auf eine Weise erschüttert hat, die mir bis heute Rätsel aufgibt, und warum ich sie jetzt aus dem Regal ziehe, fast ein Vierteljahrhundert später, mit einem anderen Fieber wie Feuer hinter den Augen. Ein anderes Fieber, schreibe ich, dabei ist doch jedes Fieber gleich. Die gleichen Albträume, die gleiche Not. Fieber verwirbelt die Zeit, und plötzlich stehe ich neben meinem vierundzwanzig Jahre jüngeren Ich. Die Grenze zum Wahnsinn liegt bei 39 Grad, aber kurz davor, bei etwa 38 Grad, ist eine klar erkennbare Senke, wo ich meine Tage durchaus gern verbringe. Man lässt dort die Deckung fallen, und Gestalten aus der Vergangenheit müssen sich nicht als Gespenster verkleiden. Bei 38 Grad ist die Überlebensfähigkeit des menschlichen Körpers noch immer intakt, aber der Instinkt, ein umsichtiges, stets informiertes Mitglied der Gesellschaft zu sein, wird schachmatt gesetzt, und wer es aushält, das Vergangene um sich zu haben wie ein um die Beine tollendes Hunderudel, den erwartet in der Senke eine wohlige Mattheit. Ich erinnere mich gut an meine Kindheitsfieber, vor der Zeit der schnellen Thermometer, als jede Messung mit Vaseline und langem Warten einherging, wie meine Mutter die blaue Quecksilberlinie betrachtete und schließlich aussprach, was mein Körper längst wusste: 38 Grad, ein

Tag in müßiger Auflösung, mit hauchdünnen Wänden zwischen mir und der Welt. Bei 38 Grad flüstert keine Stimme in mir «vorwärts». Obwohl diese Devise der Welt zugrunde liegt und alles antreibt, oder nicht? Vorwärts, vorwärts.

Das Seminar, das uns zusammenbrachte, gab ich noch vor Semesterende auf. Bestärkt von Johannas Zuspruch und Tatendrang beschloss ich, dem Schreiben eine Chance zu geben und machte mich an ein Projekt, das mir schon seit geraumer Zeit vorschwebte. Eine Sammlung thematisch verflochtener Erzählungen, aus der vielleicht etwas geworden wäre, hätte ich mehr von ihnen fertig geschrieben. Bei jedem Text kam ich bis zur Mitte, manchmal ein Stückchen weiter, doch dann verließ mich der Mut. Vorwärts ist eine Richtung für Menschen mit Rückenwind, aber ich feilte ganze Tage an einzelnen Sätzen, um sie am Ende doch zu verwerfen. Johanna schloss ihr Studium erfolgreich ab, was auch sonst, und bekam, dank der Beziehungen ihres Vaters, einen Job beim Lokalradio. Wenn sie abends gegen sechs, sieben Uhr nach Hause kam, stellte sie sich hinter mich an meinen großen Schreibtisch, schaute auf den Bildschirm, falls ich es zuließ, was ich meistens tat, und nickte und lächelte. Auch dann, wenn auf dem Bildschirm fast dieselben Sätze zu lesen waren wie am Vortag. Noch nie hatte ich jemandem meine Texte gezeigt, doch mit Johanna geschah es ganz natürlich – vielleicht, weil sie alles, was ich aus mir herauswrang, mit größtmöglicher Aufmerksamkeit analysierte. Mir war bewusst, dass Johannas Küsse auf meinen Lippen und ihre Beurteilung meiner Texte zusammengehörten, doch ihr Zuspruch ermutigte mich zum Weiterschreiben. Wir machten ein Spiel daraus, oft waren ihre Kommentare so konkret wie der Finger, mit dem sie auf den Bildschirm tippte, «die zwei sollten sich am Ende kriegen», sagte sie, oder «mach die Frau ein bisschen verrückter», und wenn sie am nächsten Tag heimkam, hatte ich ihre Anregungen umgesetzt. Jede Geschichte brauchte Johannas Handauflegung, damit ich sie fertig schreiben konnte, als kennte Johanna nicht nur meine Absichten besser als ich selbst, sondern sähe auch als Einzige, wohin sie führen konnten. Ich fand Spaß an der Arbeit und etablierte eine auf tägliche Textproduktion abzielende Routine. Es lag etwas Lustvolles darin, mich durch alle Tiefen des Schreibprozesses zu kämpfen und mit der Zeit festzustellen, dass ich die an einem Tag investierte Energie meist auch am nächsten aufbringen konnte und an den Tagen danach. Im Lauf weniger Wochen löste das Gewohnheitsschreiben die vereinzelten Inspirationsschübe von früher ab, die sich höchstens in einer Handvoll Seiten materialisiert hatten, auf denen vielleicht ein, zwei Passagen einer kritischen Betrachtung standhielten. Ich riss mich zusammen, überwand meine Ängste, ging systematisch und besonnen vor, nahm mir Johannas Lob und Kritik zu Herzen, schrieb um, schrieb besser, schrieb weiter. Wie durch ein Wunder war der Unmut verflogen, der mich so lange geplagt hatte. Ich befand mich in Johannas Zimmer, in einer warmen, produktiven Umarmung. Sie stapelte Superlative übereinander wie bei einer Werbekampagne, ihre Worte gaben mir das Gefühl, den richtigen Weg eingeschlagen zu haben. Später, als sie mit ihren Büchern und Klamotten verschwunden war und ich allein in einer staubigen Wohnung saß, die ich mir nicht leisten konnte, mit Möbeln, die ich nicht haben wollte, ging mir auf, dass ihr Lob mich an sie gebunden hatte, oder anders: dass ihr Lob mein Talent an sie gebunden hatte. Mit Johanna verschwand auch meine einzige Leserin, meine beste Leserin, meine gründlichste und mir wohlgesinnte Leserin, und ich konnte mich nicht mehr dazu aufraffen, etwas fertig zu schreiben. Über die Jahre habe ich versucht, die Situation mit anderen nachzustellen, mal bewusst, mal unterbewusst, öfter, als ich zählen kann. Nach Johanna war ich mit Männern und Frauen zusammen, die Literatur liebten, aber meine Texte nicht lesen wollten, oder die meine Texte lesen wollten, aber kein Wort verstanden, oder die etwas verstanden, aber nichts Vernünftiges zu sagen hatten, oder die nicht nachvollziehen konnten, warum ich überhaupt schrieb, mit Männern und Frauen, die die falsche Literatur liebten (ausschließlich Kriminalromane), oder die richtige aus den falschen Gründen (Ellroy, weil er so tough ist), oder die dieselben Bücher mochten wie ich, aus denselben Gründen, aber keine Lust hatten, sich auszutauschen, oder die das geschriebene Wort für eine per se überbewertete Kunstform hielten. Niemand vermischte die Küsse auf meinen Lippen mit etwas anderem. Die Küsse blieben, wo sie waren (auf meinen Lippen), und übertrugen sich nicht auf mein Leben oder die Versuche, etwas zu erschaffen.

Vielleicht hat der Zufall meine Lust geweckt, nach all der Zeit zur *New-York-Trilogie* zu greifen, doch wahrscheinlich zupft das Fieber an einem Nerv, der sich hinter meinem geschwollenen Rachen die Halswirbel entlangwindet, hin zu einem Raum der Albträume, des Schüttelfrosts. Obwohl das Leben sich jeden Tag, jede Sekunde neu erfindet, kehre ich ständig an dieselben inneren Orte zurück. Damals glaubten Johanna und ich fest an die Kraft des Zufalls, wie alle Paare, die der Zufall zusammengebracht hat, und genau deshalb faszinierten uns Austers Bücher. Niemand sonst bindet den Zufall derart überlegt als Akteur in die Geschichte ein. Als wir uns kennenlernten, waren wir beide vergeben, sie an eine Frau, ich an einen Mann, der mir gerade erst einen Antrag gemacht hatte, und durch eine Verkettung von Zufällen hatten wir uns für dasselbe Seminar eingeschrieben. Noch bevor in der ersten Sitzung die Namen aufgerufen wurden, war mir klar, dass ich früher oder später abspringen würde, doch bis dahin besuchte ich die Vorlesungen, schrieb sogar die erste Klausur mit, und bei der anschließenden Feier war nur noch ein einziger Platz frei, als ich die Kneipe betrat. Am Vortag hatten sich unsere Blicke quer über eine Menschenmenge in einem Hörsaal getroffen. Jetzt saß sie am Kopfende eines großen Tischs. Sie trug eine kragenlose schwarze Bluse, Jeans, und die Außenseiten unserer Unterarme zogen einander an und elektrisierten die Feier, bis spät in die Nacht, als wir zu zweit übrig blieben. Am Montag darauf beendeten wir unsere Beziehungen, in zwei separaten, aber miteinander verknüpften Szenen, und eine Woche später zogen wir zusammen in eine Wohnung in Hägersten, die eine Kommilitonin geerbt hatte und nun untervermieten wollte. Ich war siebenundzwanzig, Johanna vierundzwanzig. Wir richteten uns ineinander ein, wie es nur Menschen tun, die auf ein langes gemeinsames Leben zählen, als hätten wir eine Art Garantieschein erhalten, nichts könne uns vor dem Tod scheiden. Ohne jede Ordnung mischten wir unsere Bücher und mitgebrachten Dinge, und sämtliche Neuanschaffungen (ein Stabmixer, Balkonmöbel, Noréns *Nachtwache*) waren Gemeinschaftseigentum, ohne dass wir vorher darüber zu reden brauchten. Es gab weder Zukunftspläne noch Theaterbesuche, Reisen, Partys oder Umzüge, die nicht uns beide einbezogen, und unsere gemeinsamen Referenzen und Erlebnisse vervielfachten sich, bis sie unsere Leben bis an den Rand füllten. Sie war meine Hauptfigur. Mein Leben war Johanna, unsere Gespräche, der Platz auf Erden, den wir miteinander teilten. Nie wieder war ich mir bei einem Menschen derart sicher, dass er mir *gehörte*. Auch nicht etliche Jahre später, als ich das erste Mal in die dunklen Augen meiner neugeborenen Tochter blickte.

Damals, Mitte der Neunziger, waren Lokale wie das Fyra Knop äußerst selten. Es strahlte etwas Unpoliertes aus mit den Holztischen ohne Decken, dem Mann, der neben der Eingangstreppe Teig in runde Crêpes-Pfannen goss, und den robusten Literflaschen mit starkem Cidre. Das Fyra Knop war klein und verraucht, die Tische standen dicht an dicht, und die Abende wurden oft lang, als tickten die Uhren dort anders, internationaler. Der Kellner hatte immer ein gefaltetes Geschirrtuch unter das Band seiner Schürze gestopft, wiederholte die Bestellungen auf Französisch, ohne sie zu notieren, und regelmäßig – diese Geste war pures Theater, was ihrer Formvollendung keinerlei Abbruch tat – nahm er das Tuch zur Hand und rieb über einen unsichtbaren Fleck auf einem der Tische. Zwischen sechs und elf Uhr abends bimmelte das Glöckchen über dem Eingang ohne Unterlass, wenn Leute die Köpfe reinsteckten und sich nach einem freien Tisch umsahen, und im Winter quollen Schwaden aus warmem Dampf und Zigarettenrauch auf die Straße, sobald die Tür aufging. Wir trafen uns mit Leuten, die sie oder ich oder wir beide aus der Uni kannten, mit meiner besten Freundin Sally, mit anderen Freundinnen und Freunden, mit Johannas Geschwistern und Leuten von ihrem Job beim Lokalradio. Wir waren immer früh dran, um einen der größeren Tische zu ergattern, und ließen dann dem Abend freien Lauf, während Flaschen und Teller kamen und verschwanden, Galettes mit Ziegenkäse, Honig und Spinat, Crêpes mit Schokolade, Pistazien und braunem Zucker, Johanna und ich aßen über Kreuz vom Teller der anderen, wie Geschwister, auf eine Weise, wie ich es bis heute mit niemandem sonst gekonnt habe. Oft bestellten wir die erste Galette, wenn wir uns um sechs an unserem Tisch niederließen, und warteten dann zwei Stunden mit der nächsten. In der Zwischenzeit hatte sich die Besetzung rings um den Tisch verändert, Aschenbecher waren gefüllt und geleert worden, Themen aufgekommen, verschwunden, wiedergekehrt. Dann, vielleicht gegen acht, bestellten wir die nächsten Galettes oder Crêpes, und alles begann von vorn. Der Geschirrtuchmann kam, rieb Flecken weg, räumte Gläser sowie Karaffen ab und sprach Französisch mit Johanna und anderen, die der Sprache mächtig waren. Auf dem Heimweg saßen wir einander gegenüber in der U-Bahn, der roten Linie von Slussen, und redeten weiter. Es war, als führten wir ein einziges langes Gespräch, selbst dann, wenn wir nicht zusammen waren, sogar als wir Weihnachten an unterschiedlichen Orten verbrachten. Was mich betrifft, riss unser Gespräch nicht mal ab, als Johanna aus meinem Leben verschwand. Vielleicht ist es bis heute nicht verstummt.

Nach einem Abend im Fyra Knop erlebte ich zum ersten Mal den Wetterumschwung, das Schauspiel, das ich später *die Kälte* nannte. Natürlich lüge ich, wenn ich das schreibe, denn in Wahrheit hatte ich sie von Anfang an wahrgenommen, die Art, wie sie sich mir im einen Moment völlig hingab und im nächsten ins Telefon sprach, als säße sie im Büro, oder anders: Wie sie nach Hause kam, ihre Jacke über den Haken warf, sich über etwas empörte, was an dem Tag vorgefallen war, und dann mitten im Satz stockte, mich ansah und in ein breites Lächeln ausbrach. Sie war gefasst und kühl und konnte ihre Gefühle wie auf Kommando ändern. Eine besondere Begabung, unabhängig von ihren sonstigen Fähigkeiten. Wie sie Emotionen ein- und ausschalten konnte, beeindruckte und beunruhigte mich. Johanna war *völlig kontrolliert*, wie man so sagt, und das gab ihr etwas Reifes, aber auch Unmenschliches, eine unmenschliche Temperatur. Ich konnte mir abendelang den Kopf über irgendein Gespräch zerbrechen, aber kein einziges Gefühl ein- oder ausschalten. Die Vergangenheit hat mich nie losgelassen, was Johanna, da bin ich mir sicher, lächerlich fand. «Du musst dich davon freimachen», sagte sie, aber wie sollte ich das anstellen? Ich war weder imstande, Gefühle abzuschütteln, noch sie festzuhalten, meist waren sie es, die nach einer Weile aufgaben und von mir abließen.

An jenem Abend, als wir von Slussen mit der U-Bahn heimfuhren, stieg am Zinkensdamm ein Betrunkener ein, der übel roch, sich auf einem Sitz auf der anderen Seite des Gangs niederließ und uns ansprach, wie Alkoholisierte es mitunter tun. Wir hatten keine Lust, unser Gespräch zu unterbrechen, und gingen nicht auf ihn ein, ich schenkte ihm ein höfliches, gleichwohl abweisendes Lächeln, doch als er weiterlallte, vor allem zu sich selbst, drehte Johanna sich mit dem gesamten Oberkörper zu ihm und verpasste ihm eine wortgewaltige, eiskalte Abreibung. Noch nie hatte ich sie so mit jemandem sprechen hören, ich glaube, es fielen die Wörter «Stück Scheiße», «Käsegesicht» und «Pisser», und kaum hatte sie die Tirade beendet, wandte sie sich wieder um und wechselte noch in der Bewegung den Gesichtsausdruck. Es war, als hätte sie innerhalb weniger Sekunden eine Maske auf- und wieder abgesetzt, und ich vermochte nicht zu sagen, ob sie mit oder ohne Maske in unser Gespräch zurückkehrte. Sensibel und konfliktscheu, wie ich war, schielte ich zu dem Mann hinüber, während Johanna mit ihrer normalen Stimme fortfuhr. Ich wartete auf den Moment, da sie kichern, ihr Schauspiel enttarnen, den Vorfall kommentieren würde, doch sie redete ungerührt weiter, der Mann torkelte in Liljeholmen aus der Bahn, und wir fuhren heim. Später im Bett fragte ich: «Trägst du das in dir?» Sie wusste nicht, worauf ich anspielte, und sah aufrichtig verwundert aus. «Diese Fähigkeit, von einem Gefühl zum nächsten zu springen. Der Typ in der U-Bahn. Dich schien das alles völlig kaltzulassen.» Sie lachte. «Weil es mich kaltgelassen *hat.*» Sie lächelte noch immer, wartete. «Du hast ihn angeblafft, als wäre nichts dabei. Als hättest du bloß nach der Uhrzeit gefragt.» Sie zuckte die Schultern. «Und?» Ich nahm ihre Hand, wie um meine Worte abzumildern. «Es hat mich nur gewundert, dass du ihn erst anfährst und dann mit mir weiterredest, als wäre nichts geschehen. Als ob du nichts *fühltest.*» Johanna schüttelte den Kopf, ließ meine Hand los. «Worauf willst du hinaus?» Ihr Lächeln war verschwunden. Zwischen uns sank die Temperatur, ich bereute, den Vorfall angesprochen zu haben. Nach der Sache mit dem Mann in der U-Bahn, die keine von uns je wieder erwähnte, verstand ich, dass *die Kälte* ein Teil von ihr war – aber nicht als Mangel, sondern als Werkzeug, eine rettende kleine Eisscholle.

Den Entschluss, das Schreiben aufzugeben, fasste ich Jahre nach Johannas Verschwinden und binnen einer Minute, während ich bei Sally zu Hause eine Zwiebel in dünne Scheiben schnitt. In jenem Sommer hatte ich einen weiteren Schreibkurs besucht, ohne einen einzigen angefangenen Text fertig zu stellen. Die anderen Teilnehmenden folgten ohne Zögern der Anregung des Kursleiters, den Text frei fließen zu lassen, und fuhren mit Mappen voll fertiger Manuskripte nach Hause. Der Kurs war offen für alle, die Gruppe breit gefächert, vom rüstigen Rentner über die ambitionierte Jugendliche bis hin zu jenen, die vor allem abends auf der großen Campus-Wiese sitzen und Wein trinken wollten – alle waren fröhlich, alle wurden fertig. In beiderlei Hinsicht fiel ich aus dem Rahmen. In einem Versuch, Lob und Anerkennung einzuheimsen, suchte ich schon am ersten Tag Kontakt zu dem Kursleiter. Meine Texte bestächen durch ein «wehmütiges Auge für Details», meinte er, durch ihre «inexakte Präzision», und erst nachdem ich unverhältnismäßig viel Zeit auf die Entschlüsselung dieser Phrasen verwendet hatte, dämmerte mir, dass er allen mehr oder weniger das Gleiche sagte, auch ihre Texte zeichneten sich durch «eine scharfsinnige Distanz» aus, «eine entwaffnende Brutalität» oder böten «sonnigen Widerstand». Alle außer mir schienen aus diesen Worthülsen einen tieferen Sinn zu ziehen. Der Kursleiter war selbst Autor, mit einer Handvoll Lyrikbände und Romane auf dem Buckel, und skizzierte sein eigenes Schreiben mit Formulierungen wie «Magie des Schaffens», «unterbewusster Prozess» oder «erhaschte Ideen des Universums». Als ich Sally von ihm erzählte, lachte sie laut los, aber dann sah sie mir in die Augen und hob den Holzlöffel, mit dem sie gerade noch Spinat und Knoblauch umgerührt hatte. «Aber ‹ein wehmütiges Auge für Details› passt doch wie die Faust aufs Auge.» Wir kochten Lasagne, meine Tochter schlief in ihrem Kinderwagen im Flur, und ich schaltete den Ofen an, nahm eine große Zwiebel aus dem Schrank und schnitt die Wurzel und den zartgrünen Trieb weg. Dann kam es zu einem jener seltenen Momente, in denen sich alles vor meinen Augen summierte, der dritte Schreibkurs, der meine Blockade auch nicht hatte lösen können, meine verständnisvollen, aber ratlosen Freunde, die Erkenntnis, dass ich mich von anderen hatte aushalten lassen, dass ich erfolglos mit Studiendarlehen, Krediten und Nebenjobs versucht hatte, zu diesem einen Raum zurückzufinden. Ich warf die knisternde Zwiebelschale in die Spüle, griff nach einem Schneidebrett, halbierte die Zwiebel und schnitt sie in feine Scheiben. Da begriff ich, dass der Raum in meinem Innern schon Ende des letzten Jahrtausends verriegelt worden war. Eine simple Feststellung, wie wenn man mit einem Blick zum Fenster sagt: «Es regnet.» Die nächste Feststellung folgte sogleich und war ebenso simpel und glasklar: Meine Schreibprojekte waren nichts anderes als der eitle Versuch, etwas für immer Verlorenes zurückzugewinnen. Die Zwiebel war halb geschnitten, der Entschluss halb gefasst. Die dritte Feststellung formte sich als Bild, ich sah eine offene Fläche vor mir, frei von pochendem Ehrgeiz, Schaffensdruck, Plänen und Eitelkeit. Frei von ständigen Niederlagen. Ich gab auf, war frei. In manchen Sprachen sind die Wörter für «Vergebung» und «Freiheit» identisch, was durchaus naheliegt, und damals verstand ich, «Loslassen» müsste in dieselbe Kategorie fallen. Die Zwiebelscheiben lagen perfekt geschnitten vor mir. Sally sah in meine Richtung. «Ist das die Zwiebel?» Sie nahm das Schneidebrett und schabte alles in die Pfanne. «Oder weinst du?»

Johanna wurde zu einer Gestalt aus der Vergangenheit, zu einer von vielen, und wäre sie keine Person des öffentlichen Lebens geworden, hätte ich sie vielleicht inzwischen fast vergessen. Die Erinnerung wäre verblichen und nur bei Fieberanfällen oder in Momenten des Selbstmitleids und der Nostalgie aufgeflackert, wäre verwittert und zerbröckelt, und wie bei einem unzureichend restaurierten Gemälde wäre am Ende nur ein verschwommenes Durcheinander aus Fragmenten übrig geblieben. Vielleicht wäre ich am Fyra Knop vorbeigelaufen, ein wahrgenommener Duft hätte eine Stimme wachgerufen, vielleicht hätte ich Johanna einen kurzen Gedanken gewidmet, wenn ich die Kaffeerösterei in der Linnégatan passierte, vielleicht wäre ich nach Tranströmers Tod an einem Artikel über die steinige Entstehungsgeschichte der *Trauergondel* hängen geblieben. Wie die meisten Verlassenen hoffte ich, ihr nie wieder zu begegnen, im Glauben, das läge in der Natur einer Trennung – wenn ich sie nicht ständig um mich haben konnte, wollte ich sie überhaupt nicht mehr haben, nie wieder ihren Namen hören, nie ihr Gesicht sehen oder sonst wie an ihre Küsse (auf meinen Lippen) erinnert werden. Das Ende unserer Beziehung war abrupt und eiskalt und spielte sich innerhalb einer Woche ab (ein in der Jackentasche gefundener Liebesbrief, ein Blick durch einen Briefschlitz in einem fremden Treppenhaus, nächtliche Telefonate, Heulattacken im Stoßverkehr, Umzugskartons in unterdimensionierten Kofferräumen), und danach saß ich viele Abende auf Sallys Sofa, bei Wein und Kaffee, starr und tatenloser denn je, und war mir, was meine Zukunft anbetraf, nur einer Sache sicher: Ich wollte Johanna nie wieder sehen.

Doch so wenig wir uns unseren Tod aussuchen können, so wenig Einfluss haben wir auf das «Danach» einer zerbrochenen Beziehung. Johanna machte Karriere, kometengleich und grenzenlos, als hätte unsere Beziehung sie zuvor ausgebremst. Niemand wunderte sich über ihren Erfolg, sie schien geradezu prädestiniert für die Öffentlichkeit, hatte den richtigen Blick, das richtige Lächeln und verfügte über ein schier unerschöpfliches Repertoire an Blickwinkeln. Binnen einer Minute bildete sie sich zu jedem beliebigen Thema eine Meinung, oder anders: eine «Meinung», eine Haltung, die sie schon in der nächsten Minute – problemlos und spielerisch – ins Gegenteil verkehrte, als wäre die Sachfrage an sich belangloses Beiwerk der zur Schau gestellten Verbalakrobatik. Es lag in der Familie, in Johannas Elternhaus zählte die Eleganz der Beweisführung mehr als ein Brennen für die Verhandlungssache, jedes Abendessen war Teil eines Rhetorikwettbewerbs, der Johannas erste zwanzig Lebensjahre begleitet hatte und danach bei jedem Besuch bei den

Eltern fortgesetzt wurde. Ihr Bruder und ihre Schwester ähnelten ihr und waren ebenso besessen davon, jedes Thema in die Summe seiner Bestandteile zu zerlegen. In Johannas Familie erhob niemand die Stimme, man erhöhte nur das Sprechtempo und die Anzahl eingeschobener Nebensätze. Johannas Art zu reden und zu sein zog mich an, ich atmete sie ein, ließ mich von ihr beflügeln. Ich passte mich ihr an, adaptierte, ließ zu, dass sie mich unwiderruflich veränderte. Und genau das ist doch unser Ich, oder das, was wir Ich nennen: Spuren der Menschen, an denen wir uns reiben. Ich liebte Johannas Worte und Gesten, machte sie mir zu eigen, bewusst, unbewusst. Vielleicht liegt darin der Kern unserer Beziehungen, vielleicht sind sie deshalb nie endgültig vorbei.

Schon als sie beim Lokalradio anfing, ahnte ich, dass sie eines Tages ins Licht der Öffentlichkeit treten würde. Nur ein Jahr nach unserer Trennung führte sie mehrstündige Interviews im überregionalen Rundfunk, und ich bildete mir ein, ihre dunkle Stimme plötzlich überall zu hören, auch in anderen Sendungen, ihr Name wurde ein *Name*, eine Zeit lang war sie Auslandskorrespondentin, sie wurde auf Premieren fotografiert, gab Zeitungsinterviews, war zu Gast in Fernsehsendungen. Sie galt als kompetente, wenngleich etwas kühle Moderatorin. Und so ging unsere Beziehung zu Ende, indem sie nie zu Ende ging, nicht für mich. Ihr Name blieb eingraviert in eine allmählich verblassende Gedächtnistafel in meinem Innern, und heute plätschert er mir aus dem Radio und dem Fernseher entgegen, doch mit ganz anderem Beiklang, er ist nun Teil eines Kompotts aus bekannten und semibekannten Namen, die zusammen mit den dazugehörigen Gesichtern durchs öffentliche Leben schwirren. Hin und wieder fragen Bekannte: «Diese Moderatorin, wart ihr nicht mal …?», und ihr erwartungsvolles Lächeln verrät mir, dass sie die Antwort längst kennen, dass sie nach intimen Details lechzen. Meist verneine ich, und manchmal antworte ich: «Das war so kurz, ich erinnere mich kaum an sie», oder: «Ja, schon, aber das ist ewig her.» Nie käme ich auf die Idee, sie schlechtzumachen, mit Klatsch würde ich mich auf den Grund meines Selbst hinabsenken. Stattdessen stelle ich mir vor, was Johanna antworten würde. «Ich erinnere mich kaum an sie» oder «das ist ewig her», etwas in der Art, falls wider Erwarten jemand auf die Idee käme, sie nach mir zu fragen.

Im Laufe der Zeit habe ich ihre öffentliche Präsenz schätzen gelernt, denn bis heute leben Spuren von uns in ihren Formulierungen. Manchmal erscheinen mir bestimmte Ausdrücke derart vertraut, dass ich meine eigene Stimme heraushöre, zum Beispiel wenn sie *Handgemenge* sagt statt *Schlägerei*, *Baby* mit einem bestimmten kraftvollen «ä» ausspricht oder Wörter wie *Tumult*, *verwickelt* und *armselig* benutzt, die wir damals für uns entdeckten, als wir das Alphabet neu erfanden. Nur einmal musste ich das Radio ausschalten. Wann genau, kann ich nicht sagen, aber es war ein Freitagabend. Den Ausschlag gab eine Lappalie, die wohl niemand außer mir bemerkte, als wäre ich eine dieser Verrückten, die aus einem Zeitungsartikel eine persönliche Botschaft herauslesen, doch es war kein Anzeichen für Wahnsinn, zumindest nicht bei mir, sondern eine simple, sachliche Beobachtung. Johanna nahm an einer Diskussionsrunde im Radio teil, die auf zeittypische, publikumsfreundliche Weise Nachrichten mit Kultur- und Comedy-Beiträgen würzte, und als ein anderer Gast Austers neuesten Roman empfahl, platzte Johanna heraus: «Ich konnte Auster noch nie leiden.» So abrupt und ungefragt, als hätte sie das Gewehr schussbereit in der Hand gehalten und nur auf die passende Gelegenheit gewartet, den Satz abzufeuern. Was dahintersteckte, konnten die anderen Teilnehmenden natürlich nicht wissen, niemand ging auf die Bemerkung ein, die Diskussion spann sich in andere Richtungen weiter. Aber ich verharrte in Johannas Worten. Sie hätte ebenso gut sagen können, «ich habe nie in Hägersten gewohnt» oder «ich hasse Crêpes». Würde ich mich an einer Analyse ihrer Replik versuchen, würden die meisten mich tatsächlich für verrückt halten, also lasse ich es lieber. Eine einsame, anmaßende Verrückte mit einem trostlosen Leben, das weder Paul Auster noch sonst wer im Detail beschreiben wollte. Also lasse ich es.

NIKI

II

Es war einmal sehr schwierig, Leute wiederzufinden, die verschwunden waren. Das ist gar nicht so lange her; viele, die heute leben, erinnern sich gut daran, wie es war, jemanden aus den Augen zu verlieren, sich auf die nächste Auflage des Telefonbuchs zu freuen, einen der eingeschweißten sechs, sieben Kilo schweren Packen von den Stapeln im Hausflur zu nehmen, A–M und N–Ö, dazu die Gelben Seiten, sich in der Diele auf den Boden zu setzen, mit dem Zeigefinger die Seite hinunterzufahren und den Namen der verschollenen Person zu suchen, in der Hoffnung, sie dieses Jahr endlich zu finden. Im Telefonbuch wurde nur aufgeführt, wer einen eigenen Anschluss besaß, alle, die keine feste Anschrift hatten, die oft umzogen oder zur Untermiete wohnten, die mit jemandem zusammen- oder in eine andere Stadt, vielleicht sogar in ein anderes Land gezogen waren, oder die schlicht und einfach nicht aufgeführt werden wollten, trieben in einem nicht erfassten Menschenmeer, und wer einen dieser Menschen finden wollte, musste auf eine glückliche Fügung warten. Ich habe so viele Menschen verloren, für kurze oder längere Zeit, gefolgt von einer stunden- oder lebenslangen Suche, mal intensiv und verzweifelt über ein, zwei Wochen, mal zerstreut und langwierig über Jahrzehnte. Danne verlor ich auf dem

Roskilde-Festival, gleich hinterm Eingang, und als ich mir am ersten Abend Simple Minds anschaute, war ich allein im Menschenmeer. Mein Zelt musste ich neben Fremden aufschlagen, und am nächsten Tag streunte ich ziellos herum, bis ich in einer Toilettenschlange ein bekanntes Gesicht entdeckte. Das Wiedersehen war unvergesslich und verwandelte sich, wie so viele Erlebnisse jenes Sommers, in eine amüsante Anekdote, aber nichts wog die einsamen Stunden des Umherirrens auf. Bist du allein, wird ein großes Festival zur Einöde. Zumal mir schnell klar wurde, dass niemand aus unserer Clique, am allerwenigsten Danne nach dem klassischen «warte, ich bin gleich zurück», sonderlich viel Mühe auf die Suche nach mir verwendet hatte. Aus ihrer Sicht hatte ich mich abgesetzt. Mein Zettel, den ich an die mehrere Meter breite Anschlagtafel neben dem Eingang gepinnt hatte, hing unangerührt dort, inmitten unzähliger ähnlicher Vermisstenmeldungen. Jetzt, mehr als dreißig Jahre später, weiß ich nicht mehr, was Danne vorgehabt und worauf ich gewartet hatte, warum ich das Warten irgendwann aufgab und mich selbst auf die Suche machte, allerdings erinnere ich mich noch gut daran, dass er später meinte, er sei stoned gewesen und habe mich vergessen, und dass ich mich im selben Jahr aus jener Clique hinaus- und in neue Kreise hineinmanövrierte, Leute, die ich an der Uni traf und die sich seltener zudröhnten und mehr miteinander redeten, die besser auf sich und andere aufpassten.

Eine dieser neuen Bekanntschaften hieß Niki, auch sie sollte ich eines Tages suchen. Lange bevor ich Johanna begegnete, lernte ich Niki im Seminar «Einführung in die Anglistik» kennen, wir wurden derselben Lerngruppe zugeteilt, und in der ersten Pause kam sie auf mich zu und sprach mich an. Das war ihre Masche, um neue Leute kennenzulernen, ging mir später auf, sie krallte sich Menschen, die ihr sympathisch waren oder an denen sie irgendein Detail zufällig anzog, in meinem Fall ein Paar ausgelatschte Stan Smith, wie sie selbst welche trug. Sie nannte sich Niki, denn sie hasste den Namen, den ihre Eltern ihr gegeben hatten, und sie hasste den alten Namen, weil sie ihre Eltern hasste. Beim Wort «hassen» kräuselte sie die Nase und riss die Augen auf, als wollte sie ihre offensive Haltung unterstreichen. Ihrem Hass haftete nichts Zerstreutes an, nichts Ungezwungenes, er war nicht das Nachbeben punkiger Jugendjahre, sondern ein Tag und Nacht brennendes Feuer. Trotz vieler intensiver Gespräche kamen selten konkrete Fakten ans Licht, die ihren Hass erklärt hätten, außer dass diese zwei Menschen derart «abscheulich» seien, dass Niki gar keine andere Wahl gehabt hatte, als fünfhundert Kilometer fortzuziehen, einen neuen Namen anzunehmen und sich eine Geheimnummer zu besorgen. Anfangs dachte ich, der mystische Nebel um Nikis Aussagen werde sich sicher irgendwann lichten, doch stattdessen etablierten sich die Behauptungen über ihre Eltern als Wahrheiten, ungeprüft, gekauft wie gesehen, in all ihrer Vagheit. Plötzlich gehörte ich dazu, war eine der vielen, die «wussten», dass Niki eine schlimme Kindheit gehabt hatte, dass ihre Eltern in der Hölle schmoren sollten, und da sie mich bald zu ihren engsten Freundinnen zählte, wurde Loyalität von mir erwartet und blindes Vertrauen in diese unbewiesene Wahrheit bar jeder Details. Ich nehme an, zwischen uns bestand eine Art Band, und im Grunde war mir völlig egal, wie es um die Wahrheit über ihre Eltern bestellt war, solche Wahrheiten interessierten mich damals nicht. Als Niki erfuhr, dass ich bei meiner Großmutter in Jakobsberg auf dem Sofa schlief, bot sie mir an, zu ihr zu ziehen, in ihre Einzimmerwohnung im Atlasviertel. An die Wohnung war sie über die Vermittlungsstelle gekommen, genauer gesagt über die Härtefallquote. Eine Art separate Spur neben der allgemeinen Schlange, in der ich und Hunderttausende andere Wohnungssuchende seit Jahrzehnten warteten, reserviert für Frauen mit Kindern, die häuslicher Gewalt entflohen waren, Schwerkranke und andere, die aus verschiedenen Gründen so rasch wie möglich eine Wohnung bekommen sollten. Niki hatte dem Amt vorgelogen, sie sei als Kind von ihrem Vater missbraucht worden und häufige Umzüge belasteten sie psychisch zu stark. Ein Termin beim Sozialamt und ein psychologisches Gutachten hatten ausgereicht, gepaart mit einer Durchtriebenheit, zu der ich selbst nie fähig gewesen wäre. Die Lüge war penibel durchdacht; Missbrauch war Ende der Achtziger, Anfang der Neunziger eines der großen Themen. Es wurde in den Medien diskutiert, beim Mittagessen in der Kantine, bisher unbekannte Experten taten kund, es handle sich um ein weit größeres gesellschaftliches Problem als bisher angenommen. Menschen legten sich auf die Therapiecouch, um verdrängte Erinnerungen zurückzuholen. «Ich weiß ganz sicher, dass mein Vater es getan hat», sagte Niki, und dann, als Reaktion auf meine skeptische Miene, «ich kann mich nur noch nicht daran erinnern.» Niki hatte bereits die verschiedensten Therapien ausprobiert, sich jedoch mit jeder einzelnen Psychologin überworfen.

Kaum stellte jemand die falsche Frage, sagte eine Sitzung ab, ging in den Urlaub oder schlug vor, die Therapie zu beenden, zog Niki wutschnaubend von dannen. In der einen Woche war eine Therapeutin irrsinnig fantastisch und bereits in der nächsten irrsinnig inkompetent. Schnell wurde mir klar, dass Niki Menschen auf diese Weise wahrnahm, schwarz oder weiß, Hass oder Liebe, Himmel oder Hölle, dazwischen gab es nichts. Aus unserem Seminar pickte sie sich zwei weitere neue Freundinnen heraus, «brillante Superfrauen», «gutherzig wie Bodhisattvas», «die besten auf der Welt», bis eine dieser Freundinnen sich erdreistete, nach den Schallplatten zu fragen, die Niki sich ein paar Wochen zuvor geliehen hatte, und weil besagte Freundin dies in einem Café und damit vor Publikum tat, empörte sich Niki, sie sei «vor aller Welt gedemütigt» worden, die kleine Ratte könne ihr gestohlen bleiben, und kaum zurück zu Hause, stopfte sie die Platten in eine Tüte, abwechselnd nacktes Vinyl und Hülle, fuhr mit der U-Bahn zur Besitzerin und hängte die Tüte an die Tür – auf Nimmerwiedersehen. Freundin Nummer zwei entledigte sie sich im selben Abwasch. Ich hingegen blieb, etwas verstört, doch vor allem fasziniert von der Innigkeit, mit der Niki liebte und hasste, der Art, wie sie Menschen wegwarf, als müsste sie ihren Impulsen unmittelbar Folge leisten. Die Gründe variierten, der Prozess blieb immer gleich. Dass auch ich keine Ausnahme bilden würde, ahnte ich vermutlich, doch in dem Alter (ich war dreiundzwanzig) war eine Freundschaft etwas anderes als heute. Ganz gleich, ob sie zwei Monate hielt, zwei Jahre oder zwei Stunden, fühlte sie sich ewig an, die Dauer war unwichtig, entscheidend war die Magnitude, oder die Kraft, oder die verdichtete Masse an Bedeutung. Niki berührte mein Herz. Aber nicht wie die Männer, mit denen ich hin und wieder schlief und in die ich mich selten verliebte, sie rührte an mein tiefstes Inneres, wie eine Seelenverwandte – auch wenn ich so ein Wort niemals in den Mund genommen hätte –; dass unsere Freundschaft nicht ewig währen würde, spielte keine Rolle. Niki war ein Abenteuer, ein endloses Schauspiel in allen Genres, immer in Bewegung, nie vorhersehbar. Als Jugendliche hatte sie einen Suizidversuch unternommen, aber all das sei jetzt Geschichte, sagte sie, «so gut wie», und dieses «so gut wie», das begriff ich später, war Nikis Strategie, in ihrem Umfeld eine feine Ader der Angst anzustoßen, sich Fürsorge zu sichern. Ich sah nie, wie sie sich ritzte, nur etliche Narben und Male. Eine ihrer Psychologinnen habe von «Angstreduktion» gesprochen, sagte Niki, sie verschaffe ihrer Seele ein Ventil durch die Haut. Sie erzählte häufig von ihren Therapien, und eines Tages fasste ich mir ein Herz und fragte, wie sie sich all die unterschiedlich spezialisierten Therapeutinnen mit Privatpraxen in bester Innenstadtlage leisten konnte. «Sie bezahlen», antwortete Niki nur. «Das ist ja wohl das Mindeste», und es dauerte einen Moment, bis ich verstand, dass «sie» Nikis Eltern waren. Heutzutage würde man Nikis psychische Labilität vermutlich mit einer Diagnose etikettieren, doch damals sprach noch niemand von psychischen Krankheiten. Niemand sprach von Symptomen, Kriterien oder Medikamenten. Menschen, denen es schlecht ging, wurden nicht in medizinischen Schubladen verstaut, sondern mussten allein versuchen, sich selbst und andere zu verstehen. Meine Sachen, vor allem Bücher und Klamotten, soweit ich mich erinnere, packte ich in zwei Koffer und richtete mich auf einer Matratze in einer Ecke von Nikis unbeschreiblich chaotischer Einzimmerwohnung ein, legte die Koffer auf das Fußende, meine Zahnbürste in den Spiegel- und eine Flasche Bell's in den Küchenschrank. Das war alles. Inmitten von Nikis Durcheinander hinterließ mein Einzug keinerlei erkennbare Spuren, und die Ordnung, die ich zunächst rings um meine Matratze zu etablieren versuchte, eine Ordnung, wie ich sie von meiner Großmutter kannte, erschien mir schon nach kurzer Zeit derart lächerlich, dass ich mein Vorhaben aufgab. Meine Großmutter hatte zeitlebens als Putzfrau reicher Leute gearbeitet und denselben Standard in ihrem eigenen Zuhause aufrechterhalten, wöchentliches Staubwischen und Saugen, blitzblanke Herdplatten, stets frische Bettwäsche. Hätte sie fünfhundert Kilometer weiter südlich gelebt, hätte sie vielleicht auch in Nikis Elternhaus gearbeitet. Nikis Familie war wohlhabend, die Eltern waren Akademiker und besaßen ein Haus auf einem parkähnlichen Grundstück in einem Vorort von Malmö. Natürlich war ich nie dort, doch das Haus wurde mir haarklein beschrieben, im Erdgeschoss hatte in den Vierziger- und Fünfzigerjahren die Arztpraxis des Großvaters gelegen, mit massiven Schiebetüren aus Eiche, durch die kein Wort der vertraulichen Patientengespräche nach außen drang. Das einstige Wartezimmer beherbergte inzwischen die Küche, oder eher: eine der Küchen, denn im ersten Stock gab es noch eine größere. Obwohl Niki mir das Haus als kalt und gespenstisch beschrieb, sah ich unzählige luftige Räume vor mir, große Orientteppiche, Bücherregale bis unter die Decke, zig Badezimmer und immer wieder

Treppen, die in noch ein Stockwerk führten. Bestimmt war alles blitzsauber und ordentlich, und der Kontrast zu Nikis schmuddeliger Wohnung, in der sie sich ihr eigenes Leben aufbaute, hätte vermutlich kaum größer sein können. Bei meiner Großmutter (Niki sah die Wohnung, als wir meine Sachen holten) sei es genauso ordentlich wie bei ihren Eltern, meinte Niki, und dass es nur eine Art von Ordnung gebe, nur eine Art zu putzen, doch ich war anderer Meinung: Es gab verschiedene Arten von Ordnung, unzählige Methoden, einen Fußboden zu bohnern, unzählige Gründe dafür, einen Fußboden zu bohnern, unzählige Weisen, sich über einen frisch gebohnerten Boden zu bewegen. Putzen ist Putzen, fand Niki. Stimmt nicht, fand ich. Natürlich machte sie sich einen Spaß aus ihrem putzfreien Leben, wie viele junge Menschen, die frisch von zu Hause ausgezogen sind, doch in ihrem Fall rührte der Schmutz offenbar an etwas Tieferes. Niki liebte, was die meisten als abstoßend empfinden, je abstoßender, desto besser. Sie war fasziniert von den Essensresten, die wochenlang in unserem Kühlschrank gammelten, nahm Konservendosen raus und inspizierte den Inhalt, die biologischen Prozesse des Schimmelns und Verrottens, und als wir eines Morgens im Vasaparken eine tote Ratte entdeckten, ging sie in die Hocke und beobachtete die weißen, sich durch das aufgequollene Fleisch mühenden Würmer. Es war, als zöge eine Kraft Niki fortwährend hinab in die Unterwelt, hin zu Schmutz, Dreck und Chaos, als faszinierte sie, was andere anwiderte, als brächte jene Kraft sie dazu, den dunkel-klebrigen Schmutz in ihr Leben zu übertragen, nie die Bettwäsche zu wechseln, nie staubzusaugen, den Schmutzgeschirrstapel über die

Grenze des Erträglichen hinauswachsen zu lassen. Nicht, dass ich darunter gelitten hätte, doch manchmal fehlte mir das blendend weiße Strahlen, das mich aus dem Kühlschrank meiner Großmutter angeblitzt hatte. Es gab die verschiedensten Arten zu putzen, und für meine Großmutter ging es dabei um Würde, darum, etwas vom Glanz der Häuser, in denen sie arbeitete, nach Hause mitzunehmen, während es mir darum ging, mich anzupassen, mich, so gut es ging, einzufügen, mich durchzulavieren. Bei meiner Großmutter hatte ich ebenso gründlich geputzt wie sie, doch bei Niki erschien es mir völlig absurd, auch nur mein Bett zu machen. In ihrem Durcheinander aus Klamotten, Büchern, benutzten Kaffeetassen, Gläsern, Tellern mit Essensresten, Zeitungen, Schallplatten und Krimskrams hätte selbst das winzigste Ordnungsrefugium in meiner Zimmerecke exotisch angemutet. Kam ich nach Hause, war die Wohnungstür selten abgeschlossen, da Niki permanent die Schlüssel verlegte – wobei sich vermutlich ohnehin kein Einbrecher die Mühe gemacht hätte, bei uns einzusteigen und das Chaos nach etwas Wertvollem zu durchkämmen.

Unser gemeinsames Seminar neigte sich dem Ende zu, doch statt die letzte Klausur mitzuschreiben, jobbte ich in einem Lager und später als Krankheitsvertretung in Pressbyrån-Filialen überall in der Stadt. Mal gab es Arbeit, mal nicht, und in letzterem Fall blieb ich zu Hause, las und schrieb oder traf Leute oder hing mit Niki rum. Sie führte ein ähnliches Dasein, verbrachte jedoch mehr Zeit mit dem Schreiben, verfolgte das klare Ziel, Schriftstellerin zu werden. Oder genauer gesagt, ein Buch zu veröffentlichen – Schriftstellerin sei sie längst, sie schreibe ja. Die Miete war niedrig, wir hatten kaum Ausgaben und sahen keinen Sinn darin, mehr Geld zu verdienen, als wir unbedingt brauchten. Wenn wir spät in der Nacht nach Hause kamen, zogen wir den Telefonstecker raus, um uns frühmorgendliche Anrufe potenzieller Arbeitgeber zu ersparen. Manchmal suchte ich das Telefon eine halbe Ewigkeit, bis ich es in einer Schublade fand, im Backofen, im Wäschekorb. Immer wieder geriet es auf Abwege, wenn ein Telefonat anders verlief, als Niki es sich erhofft hatte, oder wenn jemand anrief, mit dem sie nicht reden wollte, oder wenn jemand, mit dem sie reden wollte, nicht anrief. Mal zog sie den Stecker, mal nicht, und plötzlich klingelte es unter dem Sofa oder unter einem Zeitungsberg. Bald überraschten mich solche Dinge nicht mehr, und ich gewöhnte mich daran, dass es oft mitten in der Nacht an der Tür klopfte und Niki (die ihre Schlüssel verloren hatte) betrunken in die Diele torkelte, im Kielwasser neue Bekanntschaften, und dann Tee kochte oder Schnaps einschenkte, den Plattenspieler rausholte und zu tanzen anfing, oder dass sie mich wenige Stunden später weckte, damit wir uns vom Dach aus den Sonnenaufgang anschauten. Über eine Leiter auf dem Speicher gelangten wir auf einen kleinen Balkon, ursprünglich zum Teppichklopfen gedacht, die Luke war zwar verplombt, ließ sich jedoch leicht auffriemeln, und dort oben konnten wir beobachten, wie die Sonne über den Gleisen und dem Klara sjö unter oder hinter den Dächern gegenüber aufging. Meist tranken wir trüben selbst gemachten Wein und versuchten, uns ins Herz des Lebens zu schreien, als würde uns so gut wie nichts vom Himmel trennen, nur weil wir uns auf einem Dach befanden. Heute, Jahrzehnte später, nach einem Jahrtausendwechsel und in einer neuen Welt, verstehe ich den Schrei noch immer gut, vielleicht besser denn je, die Sehnsucht nach Nähe und Substanz, warum wir dafür aufs Dach klettern mussten, ist mir allerdings ein Rätsel.

Für die Gärballons mit dem trüben Wein war ich zuständig, sie standen in der Küche und zischten vor sich hin, bis wir den Wein, falls man das Gebräu so betiteln konnte, in halbherzig ausgespülte Schraubverschlussflaschen abfüllten und im Kühlschrank verstauten. «Urinovino» war unsere Bezeichnung dafür, und oft sah die Plörre derart unappetitlich aus, dass wir sie ausschließlich auf dem Dach tranken, wo der Blick uns für fast alles Leid der Welt entschädigte, sogar für ungenießbaren Wein. Morgens fand ich zuweilen einen Zettel auf dem Tisch: «Heute Abend Urinovino auf dem Dach?» «Klar», schrieb ich darunter, bevor ich aufbrach, und am Abend trafen wir uns, zu zweit oder mit anderen, kletterten aufs Dach, tranken Urinovino und grölten, dass unsere Stimmen zwischen den alten Häusern widerhallten. Als wir uns ein paar Monate kannten, kam Niki mit Jonas zusammen, einem hageren, schwarz gekleideten Blechner und Schwarzbrenner, der wegen Totalverweigerung im Knast gesessen hatte. Wenig später zog Jonas' Kleindestille bei uns ein, und der süße Apfelmost in den Gärballons wich Maische. Noch heute begegnet der unverwechselbare Geruch mir in manchen Treppenhäusern, allerdings immer seltener. Jonas' Kleindestille bestand aus einem geschlossenen kegelförmigen Blechbehälter, aus dem der verdampfte Alkohol aufstieg und einen Kühlungsschlauch passierte, danach tropfte er kondensiert in ein Gefäß hinab und wurde schließlich in einer langen Röhre mit Kohlepulver gefiltert. Der Schnaps hatte einen Alkoholgehalt von vierzig Prozent und einen Beigeschmack, der mich an ölverschmierte, verkokelte Tierchen denken ließ. Infolge der Teilhaberschaft an Jonas' Destille gingen immer mehr Menschen bei uns ein und aus, unsere Wohnung verwandelte sich zu einem Treffpunkt, bevor man zu Partys ging, Pizzakartons wurden mitgebracht und stapelten sich auf dem Fußboden, Aschenbecher quollen über vor Kippen, ehe die Leute wieder verschwanden, oder sie blieben da, hockten auf dem Sofa oder lagen auf Nikis Bett, bliesen Rauch an die Decke und unterhielten sich. So lernte ich viele Menschen kennen, die mit der Zeit zu meinen engsten Freundinnen und Freunden wurden – indem sie plötzlich bei mir zu Hause auftauchten, hergelockt von Niki oder Jonas und der Aussicht auf neue Bekanntschaften sowie Schnaps für umsonst. In meiner alten Clique hatte Alkohol eine wichtige Rolle gespielt, doch bei Niki und mir war es anders. Wir konnten gut und gerne einen ganzen Freitagabend lang Tee oder Wasser oder gar nichts trinken, denn was uns verband, was seither die Grundfesten meiner Beziehungen ausmacht, waren unsere Gespräche, ein jahrelanger Dialog, den wir vor einem Seminarraum in der Uni angesponnen hatten, als Niki in der Pause auf mich zugekommen war und meine Schuhe kommentiert hatte, und der wenige Jahre später in einem hallenden Treppenhaus in Galway endete. Selbst wenn wir uns wochenlang nicht gesehen hatten, konnten wir den Gesprächsfaden sofort wieder aufnehmen, als wäre nur ein Atemzug vergangen. Am meisten liebte ich, dass ich nie vorhersagen konnte, wo ein Gespräch mit Niki hinführte. Anders als die meisten Menschen erzählte sie fast nie Anekdoten, in denen sie die Heldin spielte, oder Anekdoten, die sie schon einmal erzählt hatte, oder überhaupt Anekdoten, da die Struktur der Anekdote – Anfang, Mitte und Pointe – Nikis Streben nach unbedingter Authentizität zuwiderlief. Pseudo-Menschen interessierten sie nicht, erklärte sie, Menschen, die sich verstellten, die anderen ins Wort fielen, um über sich selbst zu reden, die einem die Welt erklärten, die prahlten, die den Mund nur dann aufmachten, wenn sie sich sicher fühlten, die möglichst clever klingen wollten, die anderen nachplapperten, die schwätzten oder schleimten oder einem Honig um den Mund schmierten. Anekdotendrescher seien intellektuell fragwürdig, meinte Niki, und wer den folgenschweren Fehler beging, eine Anekdote mehrmals zu erzählen – wie jemand am Hamburger Hauptbahnhof im Vollrausch von der Polizei einkassiert worden und in der Ausnüchterungszelle neben einem alten Klassenkameraden aufgewacht war, oder wie irgendjemandes Mutter auf dem Sterbebett der Großmutter entbunden worden war, oder wie sich jemand nachts in den Botanischen Garten von Visby geschlichen hatte, nur um festzustellen, dass die *Cannabis sativa*, die dort wuchs, sich nicht als Rauschmittel eignete –, war nicht mehr willkommen. Seit meiner Zeit mit Niki stelle ich mir das Anekdotenerzählen als chronische Krankheit vor, als den Zwang, aus allem eine Geschichte zu spinnen, das Leben in eine Formel zu pressen, die andere fesseln, beeindrucken, empören oder belustigen soll. Eine Anekdote ist wie eine verschlossene Schachtel, die sich immer weiter multipliziert, bis am Ende des Gesprächs, des «sogenannten Gesprächs», so hätte Niki es formuliert, alle Anwesenden hinter einem Berg aus verschlossenen Schachteln sitzen, mental gelähmt, am Mast festgezurrt, die nächste Anekdote bereits ein Brennen auf der Zunge. Gespräche wie in Comedy-Shows à la *Kennen Sie den schon …?*, oder wie auch immer die Sendungen damals hießen. Niki und ich hatten keinen Fernseher, jedenfalls nie für länger, doch es kam vor, dass irgendwer einen leidlich funktionierenden Apparat vom Sperrmüll mitbrachte, der dann eine Zeit lang in einer Ecke der Wohnung gastierte. Die Fernseher überlebten nie lange, doch auf einem sah ich das erste Mal MTV und begegnete einer neuartigen, fahrigen Form des öffentlichen Lebens, die damals die Gemüter erhitzte und heute normal ist. Ich erinnere mich, wie Niki und ich verwundert die atemlosen VJs, die im Stehen einen Song nach dem anderen ansagten und die Musikvideos mit ihrer zerschnipselten Handlung betrachteten. «Das ist die Zukunft», sagte Niki. Ihr gefiel, was sie sah, glaube ich. Nie saßen wir nur da und glotzten auf die Mattscheibe, sondern verfolgten alles mit kritischem Blick, das Fernsehen wurde Teil unserer beständigen Gegenwartsanalyse. In einer Sendung zu versinken und abzudriften, war für uns ein Anzeichen geistiger Trägheit. Nicht mal mit dem schlimmsten Kater hätten wir den Fernseher eingeschaltet, um uns berieseln zu lassen. Für uns fielen Fernsehsendungen in dieselbe Kategorie wie Wochenzeitungen, politische Debatten oder Gespräche bei Familienfeiern (Niki begleitete mich einige Male): Zeichen, die man deuten konnte, um die Gegenwart zu verstehen. Mein Verhältnis zum Fernsehen hat sich seither kaum verändert. Fast nie kann ich mich für eine Serie begeistern, wie so viele andere es tun, ich bringe sie mit anderen Serien durcheinander oder vergesse die nächste Folge, den Titel oder wo sie läuft, und verschlägt es mich ein seltenes Mal vor den Fernseher, achte ich auf die belanglosesten Details, es fühlt sich an, als blickte ich in eine Menschenmenge, mir fällt auf, wie alt dieser eine Schauspieler geworden ist, wer sich das Gesicht hat operieren lassen, oder wenn die englische *billion* mit «Billion» übersetzt wird. Beim Fernsehen versuchen andere, meinen Blick zu lenken, lese ich ein Buch, mache ich, was ich will. Niki und ich verbrachten oft ganze Tage in den zahlreichen Buchhandlungen rund um die Drottninggatan. Jede hatte ihr eigenes Gesicht und Spezialgebiet, klassisch-humanistische Bildung, Poesie und Dramatik, Erstauflagen und anderen Raritäten, Taschenbücher und billige Sonderausgaben, Fachliteratur. Wir kauften Bücher für unser knappes Geld und betrachteten sie nicht als gewöhnliche Einkäufe, sondern vielmehr als Beute. Sagten, wir gingen in die Drottninggatan, um Bücher zu «holen», nicht zu «kaufen», als stünden die Bücher und ihr Inhalt uns zu, als müssten wir nur ein Lösegeld abliefern oder eine Kaution, um sie zu befreien und heimzubringen. Wobei wir die Bücher nie vollends als Eigentum betrachteten, auch nachdem wir sie zu Hause gelesen oder wenigstens angelesen oder einfach zur späteren Lektüre beiseitegelegt hatten. Der Besitz von Büchern war eine einzigartige Besitzform, eine Art Leihvertrag, der jederzeit gekündigt oder auf andere umgeschrieben werden konnte, zum Beispiel, wenn jemand aufrichtiges Interesse an einem bestimmten Buch oder Gesamtwerk bekundete. Eine Weile wohnte in dem niedrigen blau lackierten Regal neben meiner Matratze

Der Mann ohne Eigenschaften, vier Bände, die ich mir auf jemandes Empfehlung hin angeschafft hatte, doch mir wurde schnell klar, dass ich für die Lektüre längst nicht bereit war. Band eins bekam ein Eselsohr auf Seite zwanzig und verstaubte die nächsten Wochen im Regal, bis eines Abends ein Kollege von Jonas das Buch herausfischte. Er hieß Palle, hatte die Welt gesehen und war nur in Stockholm, um seine Reisekasse wieder aufzufüllen. Nach einem vom Arbeitsamt vermittelten Schweißlehrgang hatte er in derselben Werkstatt wie Jonas angefangen, und jetzt saß er bei einer Tasse Tee auf meiner Matratze und versank immer tiefer in die ersten Seiten. Das Vorwort sowie den Kommentar der Übersetzerin übersprang er und stürzte sich kopfüber in den Text, was ich als vielversprechendes Zeichen wertete. Der Roman gehörte ihm, das spürte ich sofort, Ende der Diskussion! Ich war für das Buch nur eine Zwischenstation gewesen.

Seltsam, wie klar ich mich jetzt, mehr als dreißig Jahre später, an das blau lackierte Regal erinnere, an Palles Gesicht, den Umschlag vom *Mann ohne Eigenschaften*. Den ersten Band habe ich bis heute in diversen Ausgaben besessen, doch jedes Exemplar verschwand, mal nach einer Trennung, oder weil ich das Buch verlieh und nie zurückbekam, als würde der Roman vor mir fliehen. *Der Mann ohne Eigenschaften* wurde eines der Bücher, die ich nie gelesen habe, Bücher, wie man sie in den meisten Regalen findet, als Garantie für einen nächsten Tag, für eine Zukunft mit Zeit zum Lesen. Von jedem Platz in Nikis Wohnung aus, egal, ob ich mich am Küchentisch befand, im Bad, auf der Fensterbank oder in der Diele, konnte ich irgendwo in dem Durcheinander ein Buch von

Birgitta Trotzig entdecken. Womöglich musste ich eine Weile suchen, doch dann fiel mein Blick auf *Die Ausgesetzten* oder *Die Krankheit* oder, im wahrscheinlichsten Fall, auf *Moorkönigs Tochter*, einen Roman, den Niki in mehreren Ausgaben besaß, es waren die einzigen Bücher, die sie nicht im Traum verschenkt oder verliehen hätte. Kaum nahm jemand ein Trotzig-Exemplar vom Nacht- oder Küchentisch oder von der Küchenzeile und begann darin zu lesen, entriss Niki ihm das Buch wie einem Kind eine Streichholzschachtel. Gefolgt von einer Belehrung: Trotzig könne man nicht einfach so mit Radiogedudel im Hintergrund durchblättern, überfliegen oder mitten im Kapitel abbrechen, worauf Niki ein, zwei Seiten vorlas, um das Gesagte zu unterstreichen. Hielt sie *Moorkönigs Tochter* in der Hand, musste sie kaum ins Buch blicken, da sie weite Passagen auswendig kannte. Sie trug den Text mit lauter, vor Ehrfurcht zitternder Stimme vor, damit die Worte uns wahrhaftig erreichten, in uns eindrangen, wie sie in Niki eingedrungen waren, uns aufrüttelten, erschütterten, in uns Wurzeln schlugen und erblühten, und wenn wir, das Publikum, nach einer Weile das Interesse verloren, was jedes Mal passierte, brach sie die Lesung pikiert ab und erklärte schulterzuckend, was sie längst wusste: Was Trotzig anging, war bei der Menschheit Hopfen und Malz verloren. Für mich sind Trotzigs Texte das literarische Pendant zu einem Fernseher mit Bildrauschen. Im Hintergrund passiert vermutlich etwas Interessantes, doch ich sehe nicht, was. Ich drehe an den Reglern, ändere die Einstellungen, aber das Bild bleibt verschwommen. Lange war ich überzeugt, die Lektüre von Trotzigs Werk würde mir helfen, Niki besser zu verstehen, die pathologische Art, sich den spirituellen Dimensionen des Lebens zu nähern, ihren Hang zur Infamie, den Sog aus der Unterwelt. Es war, als lebte sie mit Trotzig in einer blutroten Chaoswelt, zu der mir der Zugang verwehrt war, wo die Gefühle wie antike Götter herrschten, jeder Wutanfall sich in geworfenen Tellern manifestieren konnte und die neueste Liebschaft in einer Reise um die halbe Welt. Derweil blieb ich zu Hause, mit dem alleinigen Sorgerecht für unsere Wohnung. Irgendwann rief Jonas an und fragte, was los sei. «Ich weiß es auch nicht», sagte ich, «keine Ahnung.» Dann stürzte ich mich in das Rauschen von *Moorkönigs Tochter* und *Die Krankheit*, stellte die Bücher allerdings schnell wieder ins Regal und machte mich lieber ans Putzen. Ich war nicht reif für Trotzig und sollte es auch nie werden.

Selten hörte ich Niki über andere Berufe sprechen als die Schriftstellerei. Als Per Olov Enquist im Stockholmer ABF-huset eines seiner Bücher vorstellte (*Kapitän Nemos Bibliothek*, glaube ich), ging Niki nach der Lesung nach vorn und sprach ihn an, als wäre sie eine Kollegin. Die beiden kamen ins Gespräch. Ich hörte nicht, worüber sie sich unterhielten, und während der Saal sich leerte, blieb ich noch einen Moment neben dem Ausgang stehen und beobachtete die Szene, Niki schnappte sich einen Stuhl und setzte sich neben Enquist, der lächelnd seine hagere Gestalt streckte, nickte und dann selbst etwas sagte. Sie hätten Arbeitsmethoden diskutiert, erzählte Niki, als sie endlich auf den Sveavägen hinaustrat, wo ich gewartet hatte, über die Wichtigkeit von Struktur, Durchhaltevermögen und nicht zuletzt Hingabe. Sie schilderte mir die Begegnung, als hätten Enquist und sie sich über Schreiberfahrungen ausgetauscht, sich gegenseitig Tipps gegeben, und vielleicht hatten sie das ja auch. Niki sprach mit jedem über alles, was sie schrieb. Sie begann ein Buch nach dem anderen, und schon nach kurzer Zeit waren ich und alle um sie herum bestens vertraut mit Setting, Plot und Figuren, wir sprachen über das aktuelle Projekt, als handelte es sich um ein fertiges Buch, als läge der Roman vollendet vor uns auf dem Küchentisch, mitsamt Umschlag, Titel und allem Drum und Dran. Insbesondere die Titel entfachten ausgiebige Diskussionen. An einige erinnere ich mich, zum Beispiel an *Der Vogelbeobachter*, über einen Mann, der seine uneheliche Tochter während eines Waldspaziergangs mit einem Fernglas erschlägt, sie vergräbt und als vermisst meldet, oder an *Kellerkind*, über ein Mädchen, das in einem Keller aufwächst und später die Gabe entdeckt, durch sein Leid andere Menschen von ihrem Leid zu erlösen, oder *Die schwarzen Gäste*, über ein Mädchen, das in der Pension seiner garstigen Eltern lebt, bis sich eines Tages eine Familie dort einnistet und mithilfe des Mädchens das Ruder übernimmt. Soweit ich weiß, blieb es jedes Mal bei Titel, grob skizziertem Plot und etwa zehn mit Herzblut beschriebenen Seiten voller Ideen und treffender Details, denn kaum hatte Niki lange genug über ein Projekt gesprochen und den Punkt erreicht, da sie strukturierter hätte schreiben müssen, beispielsweise den Beginn eines ersten Kapitels, verflüchtigte sich die anfängliche Euphorie. Der Plot fühlte sich belanglos an, die Figuren klischeehaft, das Feuer war erloschen. Niki hatte eine rote Reiseschreibmaschine, und häufig saß sie im Schneidersitz auf dem Bett, oder sie lag da und starrte an die Decke, die Schreibmaschine auf einem

Kissen, in der Walze ein leeres DIN-A4-Blatt. Mich nannte sie eine «verfluchte Geheimniskrämerin», weil ich nie darüber sprach, woran ich schrieb, und zwar nicht nur, um mich zu necken. Eine Geheimniskrämerin, die nicht mal mit der Sprache rausrückte, wenn wir angeschickert waren und sie mich ausquetschen, mir Hinweise darauf entlocken wollte, was ich in meinen schmalen Kladden trieb. Heute ist mir klar, dass ich nichts anderes trieb, als mich im Schreiben zu üben, ich sprang von einem Genre ins nächste, ahmte Vorbilder nach, versuchte, was ich auch jetzt zu lenken versuche, den Spaziergang der Gedanken aufs Papier hinab. Ich wusste nichts über das Schreiben, wusste nur eins: Mein Schreibprozess musste ebenso geschützt sieden wie das Gebräu in dem kegelförmigen Blechbehälter auf unserem Herd, jedes Leck konnte den Tod bedeuten, der Zauber würde verfliegen, sobald ich ihm Beachtung schenkte, ich durfte nicht eine Silbe über einen Text verlieren, ehe er fertig war. Zumal meine Schreibversuche ohnehin kaum der Rede wert waren, verglichen mit Nikis Ideen erschienen meine erbärmlich, und obwohl ich mehrere Anläufe nahm, so intensiv und wild zu schreiben wie sie, sog ich mir meist nur dann etwas aus den Fingern, wenn ich nichts Besseres zu tun hatte.

Niki blieb einen Monat fort, ihr neuer Schwarm sah aus wie James Spader und lebte an der irischen Westküste. Sie waren in Bolivien wandern gewesen und unterwegs Menschen begegnet, deren Kräuteraufgüsse ihnen Halluzinationen beschert hatten. Noch immer sehe sie manchmal Trugbilder, sagte Niki nach ihrer Rückkehr, Pflanzen, die sich über die Tapete rankten, Katzen, die an der

Hauswand entlangstrichen. Plötzlich war sie wieder aufgetaucht, und unser Telefon bekam einen festen Platz im Wäschekorb, seit Jonas vor lauter Verzweiflung angefangen hatte, mitten in der Nacht anzurufen. James Spader war zurück in Galway, um an einem Dartturnier teilzunehmen, und Niki saß am Küchentisch und schrieb Liebesbriefe in verschnörkelter Handschrift und ausstaffiert mit aufgeschnappten irischen Ausdrücken. Sie hasste Jonas so innig, wie sie Adrian (den wir James nannten) liebte, sie liebte Bolivien und sie liebte Irland, wo sie noch nie gewesen war, aber bald hinwollte, sie hasste Schweden und vor allem Stockholm, ein zurückgebliebenes Dreckskaff sondergleichen. Fünf Wochen war ich in unserer Wohnung allein gewesen und hatte mich unerwartet wohlgefühlt, ein paarmal mit Palle geschlafen, gearbeitet, regelmäßig geputzt, schimmelige Handtücher gewaschen, die ich unter der Badewanne fand, den Kühlschrank von nicht mehr identifizierbaren Resten befreit, Brot gebacken, richtigen Wein gekauft und uns einen Anrufbeantworter besorgt. Sie schätze die Ordnung, meinte Niki, doch schon nach wenigen Tagen sah alles aus wie immer. Sie inkorporierte die Wohnung in ihr Chaos, ihr offener Koffer auf dem Fußboden wurde zum Epizentrum eines neuen Durcheinanders aus müffelnden Kleidungsstücken, Totemminiaturen und anderen Mitbringseln für Freunde. Mir schenkte sie eine kleine Fingertrommel, die ich in mein blau lackiertes Regal stellte, sowie einen klaren Schnaps mit einem langen Wurm in der Flasche. Niki und James hatten sich im Moderna Museet kennengelernt, sie war auf ihn zugegangen und hatte gefragt: «Why do all these tapes have women's names on them?», er hatte lachend die wilde Mähne geschüttelt, und dann waren sie ins Museumscafé gegangen und bis spätabends geblieben. James war auf Interrailtour und wollte am nächsten Tag weiter, warf seine Pläne jedoch über den Haufen. Wer Niki nur oberflächlich kannte, hätte meinen können, für sie sei die Liebe einfach, ein Relais, das sie ein- und ausschalten konnte, Menschen, die kamen und gingen, die sie liebte, nur um sich zu gegebener Zeit zu entlieben. Ein scheinbar simpler Mechanismus mit überschaubarem Register: ein und aus, schwarz und weiß, Liebe und Hass. Doch die Wahrheit sah anders aus, Niki war ein Meer aus Gefühlen, in Stärke und Gestalt so verschieden, dass sie ins Taumeln geriet, als drängten sich hinter ihren Augenlidern sämtliche antike Götter, mitsamt den Emotionen und Launen, für die sie standen. Ein unablässiges, intimes Tosen. Alles konnte sich binnen einer Sekunde in sein Gegenteil verkehren, und als James sie betrat, wurde Nikis Welt eine andere. Plötzlich hatte sie «schon immer» für U2 geschwärmt, für Yeats, Jonathan Swift, Mary Black, Guinness und die Farbe Grün. Kaum war sie angeschickert, redete sie Englisch und verschluckte die Wortendungen, Nikis Version eines irischen Akzents. Als ich eines Tages Jonas erwähnte, was ich zuweilen tat, weil ich mich fragte, was aus ihm geworden war, nannte sie ihn ein «kontrollsüchtiges Schwein», das sie eigentlich anzeigen müsste. Er sei ungebildet, hässlich, manipulativ. Ein kleiner Scheißer, den sie nie geliebt habe, er solle mit seiner stinkenden Schnapsmaschine und seinen Freunden in dem Sumpf versinken, dem er entstiegen sei. Als ich anmerkte, dass Palle die Kleindestille neulich abgeholt habe, sah sie mich misstrauisch an. Wir saßen in der Küche, auf dem Herd begann das Teewasser zu blubbern. «Palle?» Ich nickte. Und bereute sogleich, dass ich etwas gesagt hatte, doch ich war schier unfähig, Niki anzulügen. Zum einen ging es dabei um Würde, um meine Würde, um mein Recht, nach Hause mitzunehmen, wen ich wollte, aber auch um Authentizität, um das Wahrhaftige, Ungekünstelte zwischen Niki und mir. «Palle war hier, während ich weg war?» Ich nickte erneut, zuckte die Schultern. Die haarfeine Grenze zwischen Freund- und Feindschaft, womöglich war sie die größte Herausforderung, verbrachte man Zeit mit Niki. «Und warum war er hier?», fragte sie. «Wir hatten Sex, er hat mir ein Buch gegeben, wir haben geredet.» Sie verschränkte die Arme und schloss die Augen. Ihre Lider zitterten, dahinter rollten ihre Augäpfel hin und her. Ich hatte Niki hintergangen, mich mit dem Feind verbündet, und jetzt beobachtete ich, wie die Information in sie einsickerte. Alles stand auf Messers Schneide. Dann sah sie mir in die Augen. «Welches Buch?» Die Frage war absurd, in eine unerwartete, irrwitzige Richtung zielend, als hätte einer der Gefühlsgötter ihr souffliert, der Titel sei ungemein wichtig. «*Wenn ein Reisender in einer Winternacht*», antwortete ich wahrheitsgemäß. Und dann, als Niki mich so unverwandt wie wortlos ansah, fuhr ich nicht weniger wahrheitsgemäß fort: «Ein wunderbares Buch. Hab's an einem Tag durchgelesen.» Niki nickte nachdenklich, ließ die Arme sinken und lächelte mich an. Dann stand sie auf und ging zum Herd, holte Tassen und die Teedose aus dem Schrank. «Und danach?», fragte sie. «Irgendwann kam er wieder vorbei, um für Jonas die Destille abzuholen. Wir haben miteinander geschlafen und gequatscht.

Danach haben wir uns noch ein paarmal getroffen. Er wollte wieder raus in die große weite Welt, zurück in sein geliebtes Indien.» Niki stellte die Tassen zwischen uns auf den Tisch. «Habt ihr über mich geredet?» Sie fragte nonchalant, wie in einem Nebensatz, doch mir war bewusst, wie sehr die Frage ihr hinter den Lidern brannte, dass Nikis überempfindlichen Götter in diesem Moment die Ohren spitzten, auf kränkende Worte und Kritik horchten, auf die kleinste Andeutung übler Nachrede. «Nein, die meiste Zeit haben wir uns übers Reisen unterhalten, über die Orte, wo er hinwill. Über alle möglichen Städte und Strände. Über den Bahnhof Haora, die Kunst, dort den richtigen Zug zu finden. Und dann ausführlich über *Wild at Heart.* Palle will eine Schlangenlederjacke.» Niki gab Zucker in ihren Tee und rührte um, wirkte zufrieden mit meiner Antwort. Als sie fertig war, fischte ich den Löffel aus ihrer Tasse und rührte in meiner um. Natürlich war ich nicht ganz ehrlich gewesen, denn wir hatten stundenlang über sie gesprochen, Palle hielt Niki für «gestört», und zwar auf jede erdenkliche Weise, wobei er «gestört» nicht näher definieren konnte. «Völlig gestört» eben, ein Urteil, das in den frühen Neunzigern als veritable Diagnose durchging, ebenso wie «verdammt nervig», «verdammt seltsam» oder «allgemein unangenehm». Auf gewisse Weise war damals alles einfacher, Urteile waren subjektiv und stützten sich auf eigene Erfahrungen, auf das, was in der zwischenmenschlichen Begegnung entsteht, aber die Bezeichnungen dafür waren schwammig, substanzlos. Was bezeichnet «gestört», wenn nicht das Vermögen, andere in den Wahnsinn zu treiben und ihr Weltbild zu erschüttern? Für mich war sie damals nur

Niki, und jedes Mal, wenn ich heute vor dem Bücherregal stehe, den Blick zum Buchstaben C hochwandern lasse und meine zerfledderte Ausgabe von *Wenn ein Reisender in einer Winternacht* sehe, darin Palles Widmung mit einem winzigen Bleistiftherz, rieche ich augenblicklich unsere stickige Küche, den Duft der Teeblätter in dem Topf auf dem Herd. Ich erinnere mich an Palles Gesicht, neben mir auf der Matratze, seine Versuche, wie Nicolas Cage zu rauchen, und wie ich am nächsten Morgen, als Palle fort war, den Roman aufschlug und mich in einem rotierenden Spiegellabyrinth verirrte. Nikis Frage «Welches Buch?» wurde zu einem Beweis für ihren Wahnsinn, und oft habe ich mich gefragt, was geschehen wäre, hätte Palle eines der anderen Bücher mitgebracht, von denen er gern erzählte, *Pflaster* oder *Mitternachtskinder*, ob Nikis Wahnsinn sich auf andere Weise entladen hätte. Nach einer Weile fischte sie den Löffel aus meiner Tasse, streute mehr Zucker in ihre, rührte um. «Und was ist jetzt mit Palle, bist du verknallt?» Eine Frage ohne Antwort, denn zwei Wochen zuvor war er nach Indien geflogen und befand sich außer Reichweite, wie es heute schier unmöglich ist. Einen Menschen davonreisen zu lassen, konnte damals noch bedeuten, ihn zu verlieren. Vielleicht würde eine Postkarte oder ein Brief ins Haus flattern, dachte ich, von einem Ort, den er drei, vier Wochen zuvor besucht hatte. Vielleicht würde ich an eine der Poste-restante-Adressen schreiben, die er mir dagelassen hatte, an ein Postamt in einer Stadt, die er bald passieren würde oder womöglich schon wieder verlassen hatte, Jaipur, Mysore, Delhi. Ich schlug meinen Atlas auf und versuchte, mich an Palles Routen und Alternativrouten zu erinnern, an alle Städte und Vielleicht-Städte, Strände und Vielleicht-Strände, an alle abgelegenen Inseln und Freunde, die er vielleicht besuchen, und irgendeine Sonnenfinsternis, die er von einem ganz bestimmten Strand aus beobachten wollte. Ich stellte eigene Routen zusammen und reiste ihm in Gedanken nach, Bombay, Pune, südwärts Richtung Bangalore, oder doch nach Bombay und mit dem Nachtzug rauf nach Rajasthan, in die Wüste, oder von Bombay mit dem Bus nach Goa. Trat ich auf der Straße auf einen Kanaldeckel mit dem Buchstaben A, war Palle auf dem Weg nach Agra und zum Taj Mahal. Trat ich auf einen K-Deckel, befand er sich in Kerala. «Vielleicht», antwortete ich, «aber der Zug ist abgefahren, oder?»

Vermutlich bekam Niki irgendwann tatsächlich eine Diagnose, wie alle, die als «verdammt gestört», «verdammt komisch» oder «allgemein unangenehm» galten, vielleicht drehte sie ein paar Runden in der Psychiatrie, Tageskliniken, Medikamente, Behandlungspläne, automatische Terminerinnerungen per SMS. Vielleicht klappert sie inzwischen jeden Morgen mit einer kleinen Dose mit Tabletten, die die Gefühlsgötter in Schach halten, vielleicht sucht sie regelmäßig eine approbierte, bebrillte Therapeutin auf, die ihr hilft, einen klaren Blick auf sich selbst zu bekommen, «und als er das gesagt hat, wie haben Sie da Ihre Gefühle kanalisiert?» Ich habe Antworten gesucht, eine Fährte, so wie die meisten gelegentlich das Internet nach Spuren alter Freundinnen und Feindinnen durchkämmen, doch selbst auf den Seiten, die heute das Telefonbuch ersetzen, das schon seit Jahrzehnten nicht mehr an sämtliche Haushalte des Landes verschickt wird, taucht Nikis Name nicht auf. Sie ist wie vom Erdboden verschluckt, nicht in den sozialen Netzwerken aktiv, sie hat keinen Blog und postet weder Bilder noch irgendwelche Filmchen, zumindest nicht unter ihrem Namen. Ende der Neunziger lief mir eine gemeinsame Bekannte über den Weg, die erzählte, Niki habe irgendwann ihre Wohnung im Atlasviertel verkauft, nachdem diese in Eigentum umgewandelt worden war, und sei in eine andere Stadt gezogen, wenn nicht sogar ins Ausland. Unsere gemeinsame Bekannte wusste nichts Genaues, sie sei während des Umzugs von Niki abserviert worden. Niki habe mit Stockholm gebrochen, mit der Stadt Schluss gemacht, mit allen, die hier lebten, allen, die sie kannte. Sie habe sich geschworen, nie wieder einen Fuß in dieses faulige Loch zu setzen, sich woanders niederzulassen, an einem Ort, wo sie atmen könne. Der Verkauf der ergaunerten Wohnung hatte Niki einen beträchtlichen Gewinn eingebracht. Vielleicht das Abschiedsgeschenk einer Hauptstadt an eine «verdammt Gestörte», ein Dankeschön für alles, was besagte Gestörte uns geschenkt hatte: Partys, Wärme, Chaos, Wutausbrüche, tausend Dinge, an denen wir uns reiben konnten und zugleich Erkenntnisse über uns selbst gewannen.

Aber wie ging unsere Freundschaft nun auseinander? Natürlich im Streit, wie sonst? Jede Beziehung kann brutal enden, dieses Risiko liegt in der Natur der Sache, doch als Niki und ich uns anfreundeten, war mir vom ersten Moment an bewusst, dass ein brutales Ende nicht nur eine Möglichkeit, sondern unabwendbar war. Ich wusste, dass keine Freundschaft Niki überleben konnte, und trotzdem war ich erschüttert, als es schließlich passierte. Mit dem Tod verhält es sich ähnlich. Uns ist klar, dass er kommt, und trotzdem betrachten wir fast nie unsere lebendigen Hände und machen uns darauf gefasst, dass diese eines Tages auf Zimmertemperatur abkühlen und erstarren werden. Das Ende begann im Hochsommer, wir waren noch immer Freundinnen, Niki wollte nach Irland reisen, und ich hatte beschlossen, zu Sally zu ziehen, die ich kurz zuvor kennengelernt hatte und schnell eine Freundin wurde; sie lebte vorübergehend auf Lidingö im Haus ihres Vaters, der die Welt umsegelte. Ich war froh, aus der Innenstadt herauszukommen, mehr Platz und einen Wald in der Nähe zu haben. Niki konnte mir nicht sagen, wann sie wiederkäme. «Vielleicht bleibe ich für immer», meinte sie. «Wir heiraten, ich schreibe Romane und bekomme kleine katholische Kinder, die aussehen wie James Spader. Ich könnte mir kein besseres Leben vorstellen.» Das Packen verlief chaotisch, Koffer wurden vollgestopft, geleert, wieder vollgestopft. Schreibmaschine rein, raus, rein, und überall dazwischen Tuben mit Kalles Kaviar und Knäckebrotpackungen, Mitbringsel für James' große Familie und seine Freunde. Wie das Knäckebrot heil in Irland ankommen sollte, war mir ein Rätsel, und ich verkniff mir die Bemerkung, dass Streichkaviar für fremde Zungen äußerst gewöhnungsbedürftig sei und die Tuben in den Kühlschrank gehörten statt auf den Fußboden, wo sie die nächsten Tage verstreut lagen. Ich hatte Niki in meine Pläne eingeweiht, in Sallys großes Haus zu ziehen, ihr jedoch versichert, mich um eine Untermieterin zu kümmern, solange sie verreist war. Alle Leute um mich herum hangelten sich von einer Untermiete zur nächsten, jemanden zu finden würde kein Problem sein. «Nicht so wichtig», sagte Niki, «du kannst hier wohnen oder woanders. Oder jemand anders wohnt hier oder woanders.» Ich sah zu ihr rüber, sie saß auf dem Boden und nahm einmal mehr die Schreibmaschine aus dem Koffer. «Na, wegen der Miete», schob ich hinterher, «irgendwer muss doch hier wohnen und Miete zahlen?» Bislang hatte Niki sämtliche Kosten übernommen und mich nicht ein einziges Mal um Geld gebeten. Während ihres Monats in Bolivien hatte ich auf die Mietrechnung gewartet, um diesmal selbst zur Post zu gehen und zu zahlen. Als keine Rechnung kam, schlussfolgerte ich, dass Niki das Geld im Voraus überwiesen hatte. «Scheiß auf die Miete», sagte sie jetzt, «das regelt sich von allein. Hast du's noch nicht kapiert?» Sie sah zu mir hoch, lächelte erstaunt und schien aufrichtig fasziniert von meiner Begriffsstutzigkeit. Ob ich's noch nicht kapiert hätte? Warum sie vollkommen sorglos mit Geld umging? Warum sie ein derart entspanntes Verhältnis zur Lohnarbeit hatte und mitunter erstaunlich spendabel war? Ich seufzte und heftete den Blick auf ihr Gepäck. Vielleicht war das der Moment, in dem mir klar wurde, dass unsere Wege sich bald trennen würden. «Kalles Kaviar gehört in den Kühlschrank», sagte ich, «sonst wird er schlecht.» Wenige Tage später brach Niki auf und hinterließ die Wohnung in völligem Chaos; der Fußboden übersät mit Sachen, die nicht in die Koffer gepasst hatten, der Kühlschrank vollgestopft mit Kalles Kaviar. Ich nahm ein paar Müllsäcke, leerte den Kühlschrank und brachte alles zur Tonne im Hof, wischte die Ablageflächen und Fächer sauber, entsorgte den Inhalt des Gefrierfachs, taute den Kühlschrank ab, brachte Klamotten, Bettwäsche, Handtücher, alles, was mir in die Finger kam, in den Waschkeller, wusch und trocknete, legte die Wäsche zusammen und sortierte sie in Nikis Kleiderschrank, kratzte angetrocknete Essensreste und Kerzenwachs vom Küchentisch, kaufte Putzschwämme sowie Haushaltsreiniger und machte mich über die Küche her, wie ich es von meiner Großmutter kannte, die Haare in einem Knoten mitten auf dem Kopf, das Radio voll aufgedreht, räumte alle verderblichen Lebensmittel aus den Schränken, packte Pfandflaschen in Tüten, entsorgte tote Zimmerpflanzen und trug zerbrochenes Geschirr, einen kaputten Sessel sowie einen durchgebrannten Toaster in den Sperrmüllkeller. Räumte den Fußboden frei, saugte Staub und schrubbte, bis das ausgewrungene Wasser nicht mehr pechschwarz war. Danach schleifte ich meine Matratze zu einem Container auf der Straße, bezog Nikis Bett, hängte meinen Schlüssel an einer Kordel an die Innenseite der Wohnungstür und machte mich dann auf den Weg. Kaum auf der obersten Stufe der Treppe zum S:t Eriksplan angekommen, hielt ich inne. Sollte ich einen Brief schreiben? Einen Zettel mit Sallys Nummer dalassen, falls mich jemand erreichen musste? Ich ging zurück und stellte meine Koffer neben der Wohnungstür ab, steckte meine Finger durch den Briefschlitz, angelte die Kordel mit dem Schlüssel heraus, schloss auf. Den Trick hielten wir für unsere ureigene Erfindung, ausgetüftelt, da Niki ständig – und ich manchmal – den Schlüssel vergaß und dann im Treppenhaus sitzen und warten musste. Ich zog die Schuhe aus, suchte Stift und Zettel und setzte mich an den Küchentisch. Das Telefon klingelte und hörte lange nicht auf. Die Küche roch nach Putzmittel. Ich notierte Sallys Adresse und Telefonnummer und befestigte den Zettel mit einem Magneten am

Kühlschrank, neben einem kleinen ausgeschnittenen Porträt von Birgitta Trotzig mit schwarzem Mittelscheitel und geheimnisvollem Lächeln. Da begann das Telefon abermals zu klingeln. Es stand auf dem Couchtisch, von meinem Anrufbeantworter keine Spur, wahrscheinlich hatte Niki ihn verschenkt. Ich nahm den Hörer ab. «Hallo?», fragte eine Männerstimme. «Carolina, bist du's?» Carolina war der Name, den Niki von ihren Eltern bekommen hatte. «Nein», antwortete ich, «ich bin ihre Mitbewohnerin. Ex-Mitbewohnerin.» Ich war mir nicht sicher, welchen ihrer Namen ich verwenden sollte. «Niki ist in Irland», sagte ich schließlich. Der Mann am anderen Ende war ihr Vater, seine Stimme dunkel und weich. Ihre Mutter sei sehr krank und wünsche sich, dass Niki sie besuchen komme. Ich hörte aufmerksam zu und stellte mir Nikis Vater vor, sah Jan Malmsjö vor mir, als Bischof Vergérus in *Fanny und Alexander*, das wandelnde Böse mit flammendem Blick und spitzen Eckzähnen, doch stattdessen drang mir Beppe Wolgers' weiche Märchenonkelstimme ans Ohr, die sich besorgt nach Nikis Plänen erkundigte, «oh, den ganzen Weg mit dem Zug?» und «dieser Mann, den sie kennengelernt hat, haben Sie seine Nummer?» Ich erklärte, wie es war, ich hätte weder eine Nummer noch einen Nachnamen. Nur einen Ort: Galway. Nikis Vater, er hieß Johannes, schwieg einen Moment. Es klang, als kaute er auf einem Stift herum. Dann sagte er: «Da ist es.» Er habe einen Atlas geholt, die Stadt liege an der Westküste, sei nicht sehr groß und augenscheinlich gut zu erreichen. Aus der darauffolgenden Stille meinte ich, eine Aufforderung herauszuhören, oder ein Angebot. Dann fragte er ohne Umschweife, ob ich Lust auf «einen Ausflug nach Irland» hätte. Ich erklärte, ich würde bald ein Studium anfangen und müsse zur Uni. «Wir haben doch erst Anfang August», sagte Johannes, «bis die Vorlesungen losgehen, dauert es doch sicher noch.» So höflich ich konnte, schlug ich sein Angebot aus, und nach kurzem Schweigen gab er mir seine Nummer, für den Fall, dass ich es mir anders überlegte. Ich schrieb sie in mein Adressbuch, dann beendeten wir das Gespräch. Ein allerletztes Mal verließ ich Nikis Wohnung und richtete mich im Erdgeschoss von Sallys Haus ein, das riesig war und nur einen Katzensprung entfernt vom Wasser. Samstags putzten wir, sie oben, ich unten, und nachdem wir uns gemeinschaftlich über die Küche hergemacht hatten, tranken wir Kaffee und aßen Kuchen, den Sally gebacken hatte. Meine neue Telefonnummer hatte ich Niki mitgegeben und wartete auf ihren Anruf, doch die Zeit verstrich ohne ein Lebenszeichen, das Semester ging los, nach einem Monat ließ ich das Studium sausen und fing als Nachtwache im Krankenhaus Sabbatsberg an, auf einer Station, wo alte Menschen eher tot als lebendig in ihren Betten lagen, und als ich eines Nachts eine Patientin endgültig tot vorfand und ihren Sohn wenig später auf die Station ließ, damit er den Leichnam sehen und Abschied nehmen konnte, wanderten meine Gedanken zu Niki. Ich hatte keine Kündigungsfrist zu beachten, keinerlei Verpflichtungen oder Pläne, und tags darauf meldete ich mich bei Johannes, der mir erklärte, das Angebot stünde nach wie vor. Nikis Mutter gehe es schlechter, ihr Wunsch sei umso dringlicher, er werde mir sofort Geld schicken. Ich packte meinen Koffer und fuhr zum Hauptbahnhof, besorgte mir ein Interrailticket und Britische sowie Irische Pfund,

und schon am nächsten Tag saß ich auf einem Fensterplatz im Zug nach Kopenhagen, studierte die mir ausgehändigte Streckenkarte und verspürte den Drang, Palle anzurufen, guck, jetzt bin ich auch auf dem Weg in ein Abenteuer in einem fremden Land, doch ich musste mich damit begnügen, am Hovedbanegården ein paar Postkarten zu kaufen und sie an ausgewählte Poste-restante-Adressen zu schicken. Schwer zu sagen, ob meine euphorisierten Abenteuerspasmen den Flug nach Indien überleben würden. Ich sah Palle vor mir, auf einer Straße in Indien, inmitten des sagenhaften Trubels, den er mir beschrieben hatte, und während er meine Karte las, streifte ihn eine skandinavische Brise, eiskalt und reserviert, ohne Fleisch, ohne Seele. Oha, ein reservierter Sitzplatz in einem halb vollen Zug nach Kopenhagen, welch ein Abenteuer. Kaum hatte ich die Postkarten in den roten Briefkasten vor dem Bahnhof geworfen, bereute ich, sie geschrieben zu haben, und ging zum Bahnsteig, an dem mein nächster Zug wartete. Überall saßen junge Menschen in versprengten Grüppchen neben riesigen Rucksäcken auf dem Boden, die einen mit Gitarre oder Kassettenrekorder, andere mit Schmelzkäsebrötchen und Bier, manche an die Wand gelehnt, schlafend oder rauchend, den Blick ins Leere gerichtet. Ich nahm die Frühfähre von Ostende nach Harwich und erreichte am nächsten Morgen den Bahnhof Galway, überquerte den Vorplatz, suchte mir ein kleines Hotel und legte mich noch in voller Montur aufs Bett. Als ich aufwachte, war es schon dunkel. Ich setzte mich auf, studierte die Karte, die ich an der Rezeption erhalten hatte, und heckte einen Schlachtplan aus. In der Theorie war die Vorstellung,

Niki in einer Stadt mit siebzigtausend Einwohnern zu suchen, durchaus reizvoll gewesen, doch jetzt erschien sie mir gnadenlos naiv. Ich nahm einen Stift, rasterte die Karte in zwanzig Quadrate und beschloss, ein Feld nach dem anderen zu durchkämmen, Geschäfte und Pubs abzuklappern, nach bekannten Gesichtern zu suchen. In Stockholm war ich James nur ein einziges Mal begegnet, an dem Abend, als Niki und er mit dem Spätflieger zu ihrer improvisierten Bolivienreise losgedüst waren. Wir waren aufs Dach hochgeklettert, wo die beiden fast zwanghaft die Zeit totgeknutscht und sich durch das Gespräch gestöhnt hatten, abgelenkt von Zunge und Händen des anderen. Offenbar handelte es sich um die Art Verliebtheit, die vor Publikum manifestiert werden muss, die davon lebt, bezeugt zu werden, und vermutlich war ich nur aus dem Grund dort, als spröder, kühler Körper neben ihrem Feuer, als bestätigender Kontrast. Als die Knutscherei in die nächste Phase überging, zog ich mich zurück. Zwanzig Minuten später kamen Niki und James runter in die Wohnung, verwuschelt und sichtlich zufrieden, das Klangbild der schlummernden Straßen zumindest eine Viertelstunde lang moduliert zu haben. Ich war zuversichtlich, James wiederzukennen, auch wenn ein zufälliges Zusammentreffen höchst unwahrscheinlich war. Ich hatte versprochen, mich gleich nach meiner Ankunft in Galway bei Johannes zu melden, aber das Telefon auf dem einzigen Tisch in meinem Zimmer war mausetot, und ich konnte mich nicht aufraffen, zur Rezeption hinunterzugehen. Stattdessen fischte ich einen eingeschweißten Muffin aus dem Koffer, trank den letzten Schluck lauwarmes Wasser aus der Ein-Liter-Flasche, die ich am

Bahnhof in Dublin gekauft hatte, duschte, putzte die Zähne und kroch ins Bett. Niki, die Carolina hieß, die vielleicht bei James wohnte, der Adrian hieß – ohne Adresse, ohne Telefonnummer, ohne Nachname. Eine Woche wollte ich der Suche geben.

Irrwitzige Aufgaben systematisch anzugehen, bestärkt uns in dem Glauben, das Unmögliche möglich machen zu können. Oft beschert uns Systematik auch ein Gefühl von Sinnhaftigkeit. Manchmal sogar Freude. Und vielleicht ist es die vermeintliche Systematik, die das Suchen mit dem Schreiben verbindet, mit dem Gedankenspaziergang aufs Papier, der zielstrebig wirkt, ohne ein Ziel zu haben, eine Karte mit zwanzig gleichen Quadraten, eine Stadt, in der ich mich nicht auskannte, die Suche nach einem Menschen, der ganz in der Nähe und doch verschwunden war. Ich begann in Feld eins, im nordöstlichen Teil der Stadt, rund um den Eyre Square, suchte in sämtlichen Pubs der William Street und streifte durch die Seitengassen. Den Rest des Nachmittags widmete ich den Feldern zwei und drei, den Vierteln rund um Kathedrale und Universität auf der anderen Flussseite. Ähnlich vergingen auch die nächsten Tage, ich hielt an meinem System fest, folgte jedoch immer häufiger spontanen Eingebungen, fuhr mit dem Bus ans andere Ende der Stadt oder spazierte in der Sonne das grüne Ufer des Lough Atalia entlang. Durch Zufall entdeckte ich eine riesige Bibliothek und durchkämmte sämtliche Abteilungen. Ich war fast allein und malte mir aus, wie Niki durch die Gänge streifte, wie ihr Zeigefinger die Buchrücken entlangglitt. In der Eingangshalle hing eine große Pinnwand, übersät mit Zetteln; gebrauchte Fachbücher, Lerngruppen, Gitarrenunterricht. Ohne zu wissen, wonach ich suchte, überflog ich die Aushänge. Da blitzte eine Erinnerung auf, das Dartturnier, ich ging zur Information und fragte die Bibliothekarin nach einem Telefonbuch. Sie erhob sich und deutete auf die Glastüren am Eingang. Auf der Straße war eine Telefonzelle zu erahnen. Das schmale Telefonbuch war an einer Kette befestigt, die Seiten von Feuchtigkeit aufgequollen und hier und da von Kippen versengt. Ich blätterte zum Buchstaben D, notierte die Adressen sämtlicher Dartvereine sowie eines Spezialgeschäfts. Die Suche verlangte mir volle Konzentration ab, und nach einem Abendessen an der Theke eines Chinarestaurants trat ich erschöpft den Weg ins Hotel an. Der nächste Tag begann am Telefon an der Rezeption. Die Adressen der Dartvereine waren nicht mehr aktuell, die Nummern ungültig oder inzwischen zu Menschen gehörig, die von Dart keinen Schimmer hatten, doch ich entschied, dass ich auf der richtigen Spur war, zumal ich keine andere Spur hatte. Auf der High Street fand ich einen Dartshop, aber der Besitzer kannte keinen Adrian, der an Dartturnieren teilnahm. Dafür wusste er, wo derlei Turniere stattfanden, und endlich, in Feld neun, in einem Pub in der Cross Street mit dunklen Kunstledersofas an den Wänden, fand ich James. Er trank Bier mit ein paar anderen Männern, und als ich ihn vom Eingang ansah, glitt sein Blick im ersten Moment an mir vorbei, kehrte jedoch schnell, begleitet von einem Lächeln, zurück. Wir begrüßten uns mit einer Umarmung, und ich zwängte mich neben ihn aufs Sofa. Niki war nirgends zu sehen, und als ich James nach ihr fragte, schüttelte er nur den Kopf. Die anderen Männer verstummten, krampften die

Hände um ihre Gläser und betrachteten uns aufmerksam. Im Aschenbecher qualmte eine vergessene Zigarette. Als James zum Reden ansetzte, lehnten die anderen sich vor, um ja kein Detail der Geschichte zu verpassen, die sie vermutlich schon zigmal gehört hatten. Niki war euphorisch auf die grüne Insel getänzelt, wortwörtlich, schilderte James, war seiner Familie und seinen Freunden um den Hals gefallen, hatte sich rasch die Namen sämtlicher Pub-Wirte eingeprägt, sich in das komplexe Regelwerk sowie die Geschichte des Dartsports vertieft, James bei seiner Arbeit in einer Wirtschaftsprüfungsgesellschaft überrascht und sich allen vorgestellt, sich mit der Stadt vertraut gemacht, den Straßen der Stadt, dem Nervensystem der Stadt, den Launen der Stadt, und dank ihres festen Einkommens, sprich des Geldes, das ihre Eltern monatlich auf ihr Konto überwiesen, konnten die beiden James' Zimmer im Elternhaus in Shantalla bald gegen eine Wohnung in der zentral gelegenen Sea Road tauschen. Der Umzug sei chaotisch und interessant verlaufen, erzählte James, sein Bruder hatte in seinem kleinen Auto Kisten, Möbel und Koffer zur neuen Adresse gekarrt, wo sie gleich am ersten Abend, bevor die Wohnung eingerichtet und auf Vordermann gebracht worden war, eine Einweihungsparty schmissen. Schon da dämmerte James, dass das Thema Ordnung zum Problem werden könnte. In Stockholm hatte er Nikis Chaos als Nebeneffekt einer beengt hausenden WG mit beständigem Gästestrom abgetan, doch mit Niki zusammenzuleben, war ein anderes Kaliber. Während James seine Sachen in Schubladen und Schränken verstaute, lagen Nikis Klamotten unangerührt in den Koffern oder über den Boden verstreut, zu Haufen aufgetürmt oder auf Stühlen und mischten sich überall mit neu angeschafftem Zeug, und binnen einer Woche verschluckte das Durcheinander auch James' Habe, sein Hemd mit den abgeschnittenen Ärmeln lag plötzlich auf einem Sessel, das Sofa war mit Soßen-, Kaffee- und Weinflecken übersät, die Küche quoll nicht nur von Geschirrbergen und Essensresten, sondern auch von Büchern, Papieren, Platten, ungeöffneter Post und Manuskriptseiten über. In den ersten zwei Wochen hatte James noch frei, und trotz der heimischen Unordnung war das Leben leicht, die beiden verbrachten die Tage im Bett oder am Meer, gingen abends in den Pub oder ins Restaurant oder zu Leuten nach Hause. Als James ins Büro zurückmusste, verwandelte Niki die Küche in ihr Arbeitszimmer, wo sie zwischen Bücherstapeln am Tisch saß, auf die Tasten ihrer Schreibmaschine hämmerte, fluchend Papier zusammenknüllte und in die Ecke schleuderte. Wenn James abends nach Hause kam, räumte er zuerst die Küche auf und versuchte, die von Tag zu Tag frustriertere Niki zu überreden, vom Stuhl aufzustehen. Sie fühle sich eingesperrt, sagte sie. Sie wolle mehr vom Leben, schrie sie. Also wurden neue Reisen geplant, vielleicht zurück nach Südamerika, oder mit dem Auto durch die USA, doch dafür brauchten sie Geld, und für das Geld musste James arbeiten. Ferner hegte Niki mittlerweile Misstrauen gegen James' Freunde, die sie anfangs noch ganz und gar fabelhaft gefunden hatte. Sie würden schlecht über sie reden, und vielleicht war der Verdacht begründet, war Niki doch ohne Zweifel ein schräger Vogel, der mit seinen Launen oft sämtlichen Sauerstoff aus einem Raum sog, in den unpassendsten Momenten zu tanzen anfing und in den unpassendsten Momenten in Rage geriet, der seine Gefühle zwar verabscheute, sie aber dennoch permanent ausdrücken musste. Wer Niki ins Herz schloss, verliebte sich in dieselben Charakterzüge, mit denen sie andere zur Weißglut brachte, und James fand sich unweigerlich in der Rolle des Mediators wieder. Wie alle, die in ihrer Nähe sein wollten, lernte er schnell, ihre Launen zu lesen. Kaum zur Tür herein, hörte er schon am Klappern der Schreibmaschine, ob der Tag gut oder schlecht gewesen war. Den Rest erledigte die Art, wie sie Hallo sagte, mal liebevoll zwitschernd, doch schon am nächsten Tag finster murrend, der erste Aufzug eines abendfüllenden Dramas voller Vorwürfe und Misstrauensbekundungen. Als Gast war Niki vollkommen fehlbesetzt, da ihr nichts von der Passivität zu eigen war, die von Gästen erwartet wird, und obwohl sie täglich in die Bibliothek ging, sich mit Leuten unterhielt, neue Dinge lernte, einen Abendkurs in Irisch besuchte, legte sich das Leben um sie wie eine Schlinge. «Ich hätte anders reagieren müssen», sagte James, worauf seine Freunde um den Tisch vehement Einspruch erhoben. Du hast getan, was du konntest, sagten sie, mehr als das. Sie wirkten erleichtert, Niki vorerst los zu sein, auch wenn sie zustimmten, dass sie, auf dem richtigen Fuß erwischt, brillant war. Brillant und intelligent, wissbegierig und gebildet, loyal, lustig, wunderbar. Eskaliert sei alles an einem Abend wie diesem, fuhr James fort, sie waren mit ein paar Leuten im Pub gewesen, hatten Dart gespielt und Bier getrunken, tagsüber hatte Niki in der Bibliothek Gedichte von Joseph Plunkett gelesen, die sie nun vor versammelter Runde rezitierte, und alle fühlten sich revolutionär und beschwingt, als plötzlich jemand in den Kreis trat und James um den Hals fiel. Emily, eine Frau aus James' Vergangenheit, und da James hier noch nicht wusste, dass Nikis Verhältnis zu Ex-Freundinnen und -Frauen als hochexplosiv zu betrachten war, beging er den Fehler, die Umarmung zu erwidern und die beiden einander vorzustellen. Niki streckte zur Begrüßung die Hand aus, rang sich ein Lächeln ab und stolzierte schnurstracks in Richtung Toiletten. Als sie nach zehn Minuten noch nicht zurück war, ging James ihr hinterher. Die Arme vor der Brust verschränkt, wartete Niki zwischen dem Zigarettenautomaten und einer Klokabine, gekränkt, wütend, tobsüchtig, und brüllte James aus tiefster Seele an. Kurz wurde es totenstill im Pub, als versuchte das unfreiwillige Publikum den Grad des Wahnsinns zu bestimmen, ehe das Stimmengewirr wieder einsetzte. «Das war der seltsamste Streit meines Lebens», sagte James, «weil ich keinen blassen Schimmer hatte, worum es dabei ging.» Er ließ den Blick durch die Runde schweifen. «Retroaktive Treue», sagte der Mann ihm gegenüber und lächelte, «vielleicht hatte sie gehofft, du wärst eine achtundzwanzigjährige Jungfrau.» Der Mann trug eine umgedrehte Basecap und hob sein Bierglas. Die anderen lachten. «Besitzhybris, vollständige Unterwerfung, irrationale Ansprüche», sagte der Mann daneben. Die anderen nickten zustimmend. Er fuhr fort: «Ein bisschen Eifersucht, wenn plötzlich die Ex auftaucht und auch noch gut aussieht, ist eine Sache, aber deshalb so eine Szene zu machen?» James sah ihn an, dann wanderte sein Blick zu mir. Ich bildete mir ein, darin eine Frage zu lesen. «Oder sie hatte Angst, verlassen zu werden», sagte ich, «vielleicht war sie wahnsinnig ängstlich und wahnsinnig unfähig, mit der Angst umzugehen.» Die Männer verstummten, einer stand auf, um mehr Bier zu holen. Noch am selben Abend habe Niki einen Koffer gepackt und sei verschwunden, sagte James. Das sei jetzt eine Woche her. Er schien nicht sonderlich besorgt und hatte nicht die Absicht, Niki zu suchen. Das würde alles nur schlimmer machen. Ich fragte, wo Niki stecken könnte, und die Basecap erzählte von einer Pension am Fluss, wo ein Franzose Zimmer an Backpacker und Durchreisende vermietete. Ich faltete meinen Stadtplan auf dem Tisch auseinander, und der Mann tippte auf einen Punkt am Südufer. «Warum suchst du Niki eigentlich?», fragte James, den Blick auf den Plan mit all seinen Linien und Kritzeleien geheftet. «Ich muss mit ihr sprechen», antwortete ich. «Ich habe keine Adresse, keine Nummer, und sie hat sich nie bei mir gemeldet. Mir blieb nichts anderes übrig als herzukommen.» Neue Biere landeten auf dem Tisch, und ich erhob mich zum Gehen. James schrieb seine Adresse und seine Nummer auf eine Ecke des Stadtplans. «Grüß sie von mir», sagte er, «falls du sie findest. Richte ihr aus, dass –», er beendete den Satz nicht. «Grüß sie einfach.»

Die Pension am Fluss war einmal ein Hausboot gewesen, das seinen Platz am Kai hatte räumen müssen und an Land gezogen worden war, wo es allerdings auch nicht bleiben durfte, weshalb es jetzt wieder im Wasser lag. In einem Haus am Ufer vermietete der französische Bootsbesitzer, er sprach ein schmetterndes Englisch mit französischem Akzent, winzige Zimmer mit dünnen Wänden. Der Preis von sechs Pfund pro Nacht enthielt neben einem kleinen Frühstück offenbar auch regelmäßige Schwätzchen mit dem geselligen Franzosen höchstselbst. Niki war tatsächlich dort abgestiegen und hatte eins der größeren Zimmer gemietet, bis sie sich am Vorabend mit dem Franzosen zerstritten hatte. Sie sei wütend geworden, erzählte er, habe ihre Sachen gepackt und das Zimmer geräumt, ohne auszuchecken. Wir saßen im Garten, der Franzose auf einem Bürostuhl, den er auf den Rasen hinausgerollt hatte. «Klingt nach ihr», sagte ich. Anschließend folgte ich ihm ins Haus und die Treppe rauf. Früher hatte das Gebäude eine Weberei beherbergt, mithilfe von Gipskartonplatten waren die neuen Zimmer entstanden. Den Mittelpunkt des oberen Stocks bildete eine offene Küche, wo ein paar Leute bei Bier und Zigaretten um einen Tisch saßen. Niki hatte ein Eckzimmer bewohnt, und als ich mich darin umsah, ging mir durch den Kopf, dass sie es sicher geliebt hatte; Blick in den Garten, auf die grüne Hecke und das Wasser dahinter, ein großes Bett, ein Nachttisch mit Leselampe, ein eigenes Bad hinter einer Tür in der Ecke. Der Franzose öffnete die Tür und knipste das Licht an. «Die muss sie vergessen haben», sagte er und nahm eine Tüte von einem Haken neben dem Waschbecken. Eine Plastiktüte, darin ein schmutziges Handtuch, ein feuchter Badeanzug und *Moorkönigs Tochter* in einer abgegriffenen Taschenbuchausgabe, das Papier feucht und aufgequollen. Ich nahm die Sachen an mich und versprach dem Franzosen zurückzukommen, sollte ich länger in der Stadt bleiben. «Sie können ihr Zimmer bekommen», sagte er. «Gern», sagte ich. Am Abend rief ich James an und erzählte, ich hätte Niki gefunden und doch wieder nicht, als hätte sie für einen Sekundenbruchteil meinen Blick gekreuzt, nur um gleich wieder zu verschwinden, und dass ich die Suche nun endgültig aufgeben und die Heimreise antreten wolle. Vielleicht habe Niki genau das längst getan, vielleicht sei sie im selben Moment auf dem Weg nach Stockholm, zu ihrer Wohnung im Atlasviertel. «Nein, sie ist bei mir», sagte James, «sie hat hier gewartet, als ich gestern nach Hause kam. Alles ist wieder gut.» Ich stand an der Rezeption, das Telefon vor mir auf dem Tresen. Der Portier saß hinter einem flimmernden Bildschirm und tippte auf seiner Tastatur. «Willst du sie sprechen?», fragte James. «Sie nimmt gerade ein Bad.» Ich warf einen Blick auf die Uhr an der Wand. «Nein, ich komme zu euch.» Noch heute erinnere ich mich deutlich an das glänzend rote Telefon, an die geringelte Schnur zwischen Hörer und Apparat, um meinen Zeigefinger gewickelt, an den Portier, der bei jedem Schluck von seinem Tee einen verstohlenen Blick in meine Richtung warf. Niki gefunden zu haben, war ein Bravourstück, ein Sieg, aber nur für mich. Sie hatte alles dafür getan, unentdeckt zu bleiben, hatte weder Postkarten mit ihrer neuen Adresse verschickt noch eine Nummer hinterlassen. Vermutlich war meine Suche ein Affront, ein Versteckspiel mit jemandem, der nicht spielen, sondern verschwinden wollte.

Alles endete damit, dass sie mich im Treppenhaus beschimpfte, nach zwanzig Minuten bei Zwieback und Tee in ihrer und James' Küche, wo sie den Grund meines Besuchs erfahren hatte. Als ich sagte, ihre Mutter sei krank, kam es mir vor, als huschte ein Schatten durch ihren Blick. Kurz hatte ich geglaubt, der Sachverhalt, die Krankheit der Mutter, wöge schwerer als der Umstand, dass ich sie verraten und im Auftrag ihrer Eltern gesucht hatte. Doch weit gefehlt. «Du solltest deinen Scheißkram zusammenpacken und aus meinem Leben verschwinden», sagte sie seelenruhig. Dann stand sie auf und erhob die Stimme. «Ich bin so müde, so schrecklich müde.» Die Gefühlsgötter hinter ihrer Stirn warfen offensichtlich etwas durcheinander. Niki war nicht müde, sondern wütend. Wir hatten uns die ganze Zeit auf Schwedisch unterhalten, und James, der nur unseren Stimmlagen folgen konnte, legte Niki eine Hand auf den Unterarm, die sie augenblicklich abschüttelte. «Nicht du auch noch», schrie sie auf Schwedisch. Ich ging in den Flur. Niki kam mir nach, James im Schlepptau. Die Wohnung war schön, Holzfußboden, bunt lackierte Türrahmen, in den Ecken üppige Zimmerpflanzen in großen Töpfen. Die beiden trugen identische Wollsocken, ich selbst fror in dünnen Strümpfen. Kaum hatte ich die Tür aufgedrückt, feuerte Niki ihre letzte Schimpfsalve ab, die im Treppenhaus widerhallte. Dass sie mich eines Tages wegwerfen würde, hatte unsere Freundschaft vom ersten Augenblick an begleitet, mit ihr war alles eine Wanderung über dünnstes Eis gewesen, weshalb ich so vorbereitet war, wie ein Mensch nur sein kann. Trotzdem zerbrach etwas in mir, als ich ihr verzerrtes Gesicht sah und ihre letzten Worte hörte. «Du bist nie meine Freundin gewesen. Du Miststück. Du verdammtes Miststück.»

Am selben Abend stieg ich in den Zug, und zwei Tage später lag ich in der Badewanne im Erdgeschoss auf Lidingö, als Sally nach Hause kam. Sie steckte den Kopf zur Tür herein und begrüßte mich, hielt mit einer Hand eine Tüte mit frischen Pfifferlingen vom Markt auf dem Hötorget hoch, mit der anderen eine Flasche Rotwein. Als wir den Wein ausgetrunken hatten, holte Sally eine Flasche Cognac, wir betranken uns, nahmen ein Taxi in die Stadt, tanzten und waren unerträglich. Den Anruf bei Johannes schob ich vor mir her, bis ich mich eine Woche später endlich dazu durchrang. Ich hatte auf den Anrufbeantworter gehofft, die beste Erfindung für ausufernde Erklärungen ohne unliebsame Folgefragen, doch Johannes nahm sofort ab. Ich erzählte, was passiert war, dass ich Niki gefunden hätte, sie aber nicht mit nach Hause kommen wollte, ich mir womöglich eine überzeugendere Einladung hätte ausdenken können, aber mein Bestes getan hatte. «Das verstehe ich nicht», sagte er. «Sie ist doch nach Hause gekommen. Am Tag nach eurem Treffen ist sie in den Flieger gestiegen und hatte noch zwei Tage mit Sonja.» Ich sank auf einen Stuhl, sah durch die großen Fenster in den Garten. «Sonja?» Johannes seufzte. «Carolinas Mutter. Sie ist jetzt tot, als hätte sie auf Carolina gewartet, als hätte sie durchgehalten, bis Carolina bei uns war.» Er war sehr freundlich, sehr ruhig, ein Witwer, dessen verlorenes Kind heimgekehrt war, wenngleich nur kurz. Als ich meinen Koffer auspackte, fand ich ganz unten die Plastiktüte mit dem Handtuch, dem klammen Badeanzug und *Moorkönigs Tochter*. Seither hat mich das zerfledderte Taschenbuch überallhin begleitet und einen festen Platz in meinem Bücherregal. In regelmäßigen Abständen wird Birgitta Trotzig wiederentdeckt, und jedes Mal denke ich an die Wohnung, daran, wie Niki in der Küche stand und brüllte, wir sollten still sein, weil sie aus *Moorkönigs Tochter* vorlas, allein mit ihrer Weltsicht und trotzdem voll Überzeugung und Leidenschaft. Aus irgendeinem Grund wollte ich das Buch nie jemandem ausborgen.

ALEJANDRO

III

Kaum wünschte ich mir einen Orkan, kam ein Orkan. Ich sehnte mich danach, entführt und in etwas hineingewirbelt zu werden, und zu meinem Glück bekam ich, was ich wollte, und zu meinem Unglück bekam ich alles, was ich zu wollen glaubte, zu meinem Glück und Unglück wurden meine Bitten um eine heftige Liebe erhört. Etwa vier Monate vor der Jahrtausendwende lag ich bäuchlings im Bett neben Kristian in unserer Wohnung in Årsta und lauschte der kleinen Babykampagne, in die unser Sex meist mündete. Kristian arbeitete in einer Parteigeschäftsstelle, verfasste Meinungsartikel, Reden, Leserbriefe «erzürnter Bürger», Anlagen zu diversen Anträgen, Pressemitteilungen sowie Blogposts für Reichstagsabgeordnete und war in vielerlei Hinsicht ein Mann der Kampagnen und Meinungen, eigener Meinungen, fremder Meinungen, wechselhafter Meinungen, zukünftiger Meinungen, Meinungen, von denen die Meinenden noch nichts wussten. Heute ist er Pressechef einer Umweltschutzorganisation. Manchmal kreuzen sich unsere Wege (wir haben gemeinsame Bekannte), und wenn er mich sieht, nickt er mir nur zu und wendet sich schnell ab, als wollte er sagen: Die Wunde ist nie verheilt. Seine Kampagne für ein Baby («oder zwei, drei, fünf Babys») orchestrierte er, indem er mir eine Hand auf den Rücken legte, die Nase in mein Haar grub und sich jener Fantasien bediente, die potenzielle Vornamen ungeborener Kinder in den meisten aufwirbeln: Dante, Max, Wilmer, Maya, Nelson, Lova, Miranda, Berit, Margareta, Julia, Bassian, Bella, und was wie ein Spiel (Johnny, Conny, Sonny, Ronny) wirken mochte, war in Wahrheit das Pendant zur prominent platzierten Bonbonschale am Messestand des Lobbyisten, schwups blieb ich stehen und ließ mich umgarnen, wir spielten uns gegenseitig den Ball zu, witzelten herum, und ehe ich mich's versah, rutschte mir heraus, dass ich den Namen Frank über alles liebte, und Billy auch, worauf Kristian in schallendes Gelächter ausbrach, und prompt lag das Thema auf dem Tisch, wir hatten einen *Deal.* Damals kam ich mir genauso austauschbar vor wie seine Meinungen, Mitarbeiter und Auftraggeber, wie ein Rädchen im Getriebe, wie ein Anhang in den dicken Aktenordnern in seinem Bücherregal, in denen sich das große System manifestierte, dem er pflichtschuldigst und in Jeans und Markenjackett diente, und als er sich meinen Namen auf den Oberarm tätowieren ließ, um mir das Gegenteil zu beweisen, hatte ich mich längst von ihm entfernt und auf der Rückbank eines Taxis zwischen Vaxholm und City Sex mit Alejandro gehabt, sodass sich im Nachhinein schwer sagen lässt, wer von uns tatsächlich austauschbar war.

Niemand hatte Alejandro gebeten, bei Zomby Woof mitzuspielen, da er kein Instrument gut genug beherrschte, doch der Legende nach fühlte sich die Band das erste Mal komplett an, als er eines Abends spontan die Bühne erklomm und sich zur Musik bewegte. Irgendwann drückte ihm dann jemand ein Tamburin in die Hand, doch wer Alejandro auf einer Bühne sah, hatte das Instrument schnell vergessen. Seine Erscheinung war hypnotisch, fesselnd, er bewegte sich mit solcher Hingabe, dass der Begriff «Tanz» unzulänglich scheint, es war, als stellte er seinen Körper der Musik zur Verfügung, als nähme der Rhythmus durch ihn physische Gestalt an. Seine Bewegungen *waren* Musik, auf eine mir unbekannte Weise, die er mir später mit Psychedelikatrips erklärte, die ihm die Erkenntnis beschert hätten, dass Klang und Materie im Grunde das Gleiche seien, dass Musik eine Architektur besitze und vice versa, dass unsere Sinne eine unvorstellbare Fülle an Informationen für uns bereithielten, wenn wir sie frei miteinander spielen ließen. Noch später erfuhr ich, dass Alejandro jede Menge Drogen nahm, darunter auch solche, von denen ich noch nie gehört hatte. Das erste Mal sah ich ihn im Jazzclub Fasching; als ich mit ein paar Leuten reinkam, stimmte die Band sich gerade auf den Auftritt ein, Alejandro unterhielt sich mit jemandem, einen Fuß auf dem Verstärker, blickte jedoch zu uns rüber, als wir uns hinsetzten, und so trafen sich unsere Blicke. Ich war mit Sally und ein paar anderen unterwegs, wir hatten beschlossen auszugehen, ganz gleich wohin, Hauptsache, es gab Musik und Bier, und schließlich waren wir in dem altvertrauten, verrauchten Jazzclub zwischen City und Kungsholmen gelandet. Die anderen zogen nach einer Stunde weiter, auch Sally, doch ich blieb sitzen, schier unfähig, mich zu bewegen. Er trug rote Turnschuhe, eine enge schwarze Hose, ein weißes Hemd, das er irgendwann aufknöpfte und den Blick auf ein weißes Unterhemd freigab, die Haare hatte er zu einem Knoten gebunden, und kaum war ein Lied verklungen, wünschte ich mir nichts mehr als das nächste. Mehr wollte ich nicht, ich bestand allein aus diesem rätselhaften Verlangen nach dem Beginn eines neuen Lieds. Ein neues Lied, bitte, noch ein Lied mit ihm. Zomby Woof spielte eigentümlichen, rhythmischen Elektrojazz, zwei Perkussionisten, ein Schlagzeuger, außerdem Klavier, Synthesizer, Kontrabass sowie ein Trompeter, der sich ab und an von seinem Stuhl am Bühnenrand erhob, um ein Solo zu spielen. Und natürlich Alejandro, eine Art Frontmann, das Gesicht auf dem einzigen Album, wenngleich er bei der Aufnahme kaum dabei gewesen war. Es wurde als CD veröffentlicht und verkaufte sich gut zweihundert Mal, was alles sagte, was gesagt werden musste, die Musik war visuell und improvisiert, aus dem Moment geboren, ein Kraftakt, wie er sich nur in der Begegnung mit einem Live-Publikum vollbringen lässt. Die Band bestand aus Profimusikern, die mit zahlreichen anderen Projekten beschäftigt waren, sodass Zomby Woof nur sporadisch probte und die Konzerte nahm, wie sie kamen, man traf sich eine Stunde vor Beginn, trank Kaffee und entschied über das erste Lied. Mehr nicht, der Rest geschah wie von selbst, die Atmosphäre gab die Richtung vor, Alejandros Tanz wies den Weg. Während die Band spielte, wirkte er äußerst konzentriert oder gar entrückt, doch zwischen den Songs schlenderte er lässig über die Bühne, trank Wasser aus einer Glaskanne, trat ans Mikro und sprach ein paar Worte auf Englisch, Spanisch oder Schwedisch, bedankte sich für den Applaus, stellte die einzelnen Bandmitglieder vor, sagte das nächste Lied an oder bewarb das nächste Konzert. Manchmal war mir, als schaute er mich dabei an, und natürlich hielt ich es für

Einbildung, falls nicht die Einbildung an sich Einbildung war, und genau das war sie, denn kurz vor Konzertende sagte er: «This is for the lonely lady in black», und deutete mit dem Finger auf mich. Zur Antwort hob ich die Hand und winkte verhalten. Unsere Beziehung hatte begonnen.

Sally und ich gingen häufig so aus, *einfach raus*, manchmal waren wir allein, manchmal riefen wir Bekannte an, die sich uns im Laufe des Abends anschlossen, und es ging uns nie um das Bier oder die Musik oder die Gespräche mit den Fremden, denen wir begegneten, sondern um dieses einzigartige Gefühl von Freiheit, und wären wir andere gewesen und anderswo, hätte die Suche nach dem Gefühl uns vielleicht zum Angeln getrieben oder ans Meer, wo wir nackt gebadet und uns auf einen Felsen gesetzt und den Horizont betrachtet hätten. Ein paar Jahre zuvor war Sallys Vater mit seinem Segelboot im Pazifik verschollen, und während der Monate, in denen noch immer die minimale Chance bestand, dass er lebend gefunden wurde, saßen wir ständig in Bars und Restaurants und dachten darüber nach. In einer Kneipe macht die Hoffnung die beste Figur, vor allem, wenn sie zu schwinden droht. Nach knapp einem Jahr konnte Sally nicht mehr allein sein, konnte nicht allein mit einer Landkarte zu Hause sitzen und an Meereswinde denken, daran, wie die Winde am Philippinischen Meer drehten, wie sich das Wasser im rechten Winkel zum Wind bewegte, dass ein Boot nordwärts trieb, wenn der Wind von Westen kam, an die subtropischen Wirbel unmittelbar nördlich des Äquators. Im Fyra Knop herrschte Windstille, ebenso im Fenix und im Indigo, wo wir oft mit einem Teller Suppe am Fenstertisch saßen und wo wir hingingen, als man den Leichnam fand und nach Hause verfrachtete, und wo wir uns nach der Trauerfeier versammelten. Aber dies war ein gewöhnlicher Mittwochabend, ich hatte Kristian im Bett zurückgelassen und war durch den Nieselregen zu Sally geradelt, wir hatten Tee und Wein getrunken und Leute angerufen. Manche hatten sich inzwischen Handys angeschafft. Andere konnten von unterwegs ihren Anrufbeantworter abhören. Einige hatten Diensthandys, die sie heimlich für Privatgespräche nutzten. Ein Bekannter schwor auf seinen piependen, blinkenden Pager. Im Vorjahr hatte Sally das Haus ihres Vaters auf Lidingö verkauft und sich eine Wohnung im Malmgårdsvägen zugelegt, mit einer kleinen Werkstatt, in der sie den alten Sesseln, Stühlen und Sofas ihrer Kundschaft neues Leben einhauchte. Ich saß auf einem Hocker mit verfärbtem Sitz und spitzen Zacken an der Seite, ein aktuelles Projekt. Sally trug einen mit Farb- und Leimflecken übersäten Blaumann, wollte sich aber gleich umziehen. Zu Beginn unserer Freundschaft hatten wir die Möglichkeit erforscht, ineinander verliebt zu sein, doch das Gefühl war schnell verflogen und etwas Stabilerem gewichen, einem sich Jahr um Jahr weiterspinnenden Gespräch, einer wahren Liebe ohne Besitzansprüche, einem Pakt, der uns für alle neuen Lebensumstände stärkte. Unzählige Male hatte ich auf Sallys Sofa gesessen und mir die Augen ausgeweint, wechselnde Sofas, fast die gleichen Tränen, hatte gelacht, war verliebt gewesen, betrunken, eifersüchtig, verzagt, wir hatten unsere Leben miteinander verwoben, als wäre es das Natürlichste der Welt, hatten die stille Übereinkunft getroffen, aufeinander achtzugeben, und wenn ich nur einen einzigen Menschen auf eine einsame Insel mitnehmen könnte und so weiter. Jetzt saßen wir in der Küche, und Sally war in eine Zeitungsspalte vertieft, einen Veranstaltungskalender mit Konzerttipps. «*Abgefahrener, tanzbarer Bamboo-Jazz*. Ob das was ist?» Sie schob mir die Zeitung unter die Nase, verschwand ins Schlafzimmer und kam in einem Sommerkleid zurück. «Wir haben fast Oktober», sagte ich. Sally zuckte die Schultern und richtete den Finger auf mich. «Und du musst mal wieder zu einer Beerdigung?» Dann zogen wir los, nahmen den Bus in die Stadt, trafen ein paar Leute in der Schlange vorm Fasching, es war acht, und da mein Leben nur wenige Stunden später, als ich ohne Zögern an die Tür des unbeschreiblich verrauchten Raums klopfte, in dem Zomby Woof nach dem Konzert verschwunden waren, eine völlig unerwartete Richtung einschlug, erinnere ich mich an die Stunden dazwischen gestochen scharf, an den nassen Asphalt auf der Kungsbron, die Jugendlichen vor Burger King Ecke Vasagatan, an Sally, die mit den Zähnen die Antenne ihres Handys rauszog, irgendwen anrief und dann fröstelnd in ihrem Sommerkleid unter dem dünnen Blazer sagte: «Scheiß drauf, wir gehen rein», und jetzt, im Nachhinein, erscheinen mir all diese Details so fürchterlich trivial und naiv, mein damaliges Ich so unwissend und zerstreut, als hätten damals keine einschneidenden Momente mehr auf mich gewartet, keine richtungsweisenden Entscheidungen, als wäre ich schon mit allem fertig gewesen, was im Leben brennen konnte.

Bis zu jenem Abend hatte ich behauptet, der Mensch sei von Natur aus rational und unser Handeln von Abwägungen bestimmt, von einfachen oder komplexen Abwägungen, von bewussten, falschen oder unergründlichen Abwägungen, jedenfalls von Abwägungen, bei denen es um Nutzen ging und um Vorteile, um Freude, Genuss und vielleicht um Glück, dass der Mensch geradezu dazu verdammt sei, diesem Trieb Folge zu leisten, dass er klug sei und das Beste für sich und manchmal auch für seine Mitmenschen wolle. Doch als ich an die Tür klopfte und mein Blick auf meine Fingerknöchel fiel, rissig von der Herbstluft, warm vom Abend, daneben ein handgeschriebener Zettel, *backstage + crew*, verstand ich, dass ich mich geirrt hatte, dass wir die Abwägungen erst rückwirkend an unsere Impulse binden, an diese wilden Hunde, die unser Leben tatsächlich lenken. Ich hatte auf Sallys Sofas und Sesseln gesessen, auf dem Dach über Nikis Wohnung im Atlasviertel, in Pausenräumen, in Studentencafés, an allen möglichen Orten und hatte meiner Vernunft gehorsam gedient. Niki sagte oft Dinge wie «die Geschichte zeigt doch, dass die Menschen komplett irre sind», und ich widersprach jedes Mal, die Geschichte liefere unzählige Beweise für die Vernunft des Menschen, womöglich sogar für seine guten Absichten. Die Diskussion war spekulativ und abstrakt, wenn nicht sogar banal, doch der Glaube an die menschliche Vernunft machte mir das Leben leichter. Er tat mir gut. War heilsam. Hielt mich von der Unterwelt fern. Am Tag nach dem Zomby-Woof-Konzert im Fasching hätte ich am liebsten Niki und alle anderen angerufen, um ihnen beizupflichten. Ich saß in der U-Bahn auf dem Weg von der Arbeit (ich redigierte Texte für einen Schulbuchverlag in Solna), betrachtete die fremden Menschen und bemerkte zum ersten Mal, was ein Chaosforscher als *Verdichtung unberechenbarer Variablen* beschrieben hat, einen wilden, zeitlosen Wahnsinn, gleich unter der Haut, in den Gesichtern ringsumher. Wahrscheinlich war er die ganze Zeit da gewesen, ich hatte ihn nur nicht wahrgenommen. Am Vorabend war nichts passiert, oder «passiert», doch als ich durch die Tür getreten war, hatte Alejandro aufgeblickt, als hätte er auf mich gewartet, und als wir uns wenige Stunden später voneinander verabschiedeten, mussten wir nicht aussprechen, was wir beide wussten. Die Familie seiner Mutter war in Sobibor ermordet worden, hatte er erzählt, und sein Vater im September '73 mit Victor Jara im Estadio Chile inhaftiert gewesen, tanzen hatte er an der Ballettakademie und in einer britischen Tanzkompanie gelernt, hatte jedoch schon immer in ihm gesteckt, und alles, was er mir erzählte, die *Informationen*, die er preisgab, prägte ich mir ein, um sie Sally und allen anderen wiederzugeben, die danach fragten, vielleicht auch für mein zukünftiges Ich, und doch waren die *Informationen* bloß Hülsen und nicht die *Details*, die mich am nächsten Morgen mit Herzklopfen aus dem Schlaf hochschrecken ließen, neben Kristian in unserem aufgeräumten Leben mit den dicken Büchern auf seinem Nachttisch, deren Titel mit Wörtern wie *organizing* und *globalization* gespickt waren. Am Abend saß ich auf Sallys Sofa. Es war alt und weich und gehörte einem Kunden, der es nicht abgeholt hatte, der neue rote Leinenbezug hatte ein Muster aus lilafarbenen Blumen, die es nicht gab, *Blumen*, die Idee von Blumen, ein Ausdruck künstlerischer Freiheit gegenüber der Natur, man sieht die Natur und erfindet sie neu. Wir tranken Tee und aßen warme Brote mit Käse und Senf. «Victor Jara?» Ich nickte. «Sobibor?» Ich nickte erneut. «Und worüber habt ihr drei Stunden lang geredet?» Sally und ich saßen nebeneinander vor einem niedrigen Couchtisch. Hinter unseren Tellern wartete eine Videokassette in ihrer Hülle, *Happiness*, doch wir hatten keine Eile, den Film einzulegen. Unsere Filmabende liefen oft darauf hinaus, dass das Video unangerührt blieb. Ich zuckte die Schultern. Ehrlich gesagt wusste ich nicht, worüber wir geredet hatten, ich hatte Alejandro eingeatmet und noch den Tanz in mir gespürt, seine Bewegungen, die roten Turnschuhe, fast schwebend über dem Boden, die Fältchen um seine Mundwinkel, die die Lippen in Klammern setzten, wenn er lächelte, seine Art zu reden, ein Strom unzusammenhängender Sätze, Assoziationen und Fragen, den Kristian als *beside the point* abgetan hätte. Vielleicht war das der Ort, an dem von jetzt an alles geschehen würde. Vielleicht wollte ich nirgendwo lieber sein als an diesem Ort, in den Details, jenseits der *Informationen*, jenseits der Oberfläche. Ich wollte in Alejandro vordringen, in uns vordringen, obwohl ich nicht wusste, was sich dort unten verbarg, und ich zitterte bei dem Gedanken an seine Hände, die den Haarknoten lösten und zusammenbanden, der unerhörte Gedanke, dass seine Hände existierten, zu ihm gehörten, den Befehlen seines Gehirns gehorchten, dass er lebte, hier in dieser Stadt, sich Rücken an Rücken mit mir durch die Zeit bewegte, eine Straße entlang oder auf und ab in seinem Bad, dass es ihn gab, dass er immer da gewesen war, dass so etwas überhaupt erlaubt war. Ich wollte den Film einlegen und in Embryonalstellung wegdösen, erst beim Abspann unter der Decke aufwachen, die Sally wie Hunderte Male zuvor über mich gebreitet hätte. Ich fühlte mich krank, fiebrig, innerlich umgeräumt, als hätte jemand meine Organe durcheinandergewürfelt, meine

Gedanken ausgewechselt. Das Verhältnis zu mir selbst, zu diesem «Ich», erschien mir seltsam schwankend, als könnte es sich bei der nächsten Erschütterung aus seinen Verankerungen lösen und ins All abdriften. Sally nahm das Video vom Tisch und las lustlos den Text auf der Rückseite. «Wann seht ihr euch wieder?» Sie legte den Film zurück. «Keine Ahnung», sagte ich. Sally lachte und stand auf, brachte unsere Teller in die Küche, klapperte herum und kam schließlich mit der frisch aufgefüllten Teekanne zurück. Dann ging sie vor dem Videorekorder in die Hocke, legte den Film ein und setzte sich zurück aufs Sofa, in jeder Hand eine Fernbedienung. Nachdem sie einen Trailer vorgespult hatte, drückte sie beim Vorspann auf Pause, legte die Fernbedienungen auf den Tisch und sah mich an. «Samstag», sagte ich.

Alle, die ich kenne, sind peinlich berührt von den Erinnerungen an die Zeit kurz vor der Jahrtausendwende, da der Wirbel im Nachhinein so übertrieben wirkt, so unbesonnen und, ja, albern. Ein kollektives Phänomen, eine weltweite Bewegung, und trotzdem konnte niemand sagen, ob sich etwas Tieferes dahinter verbarg als die schlichte Tatsache, dass «die Zeit vergeht». Die Zahl mutete magisch an, sie *war* magisch, wie Zahlen eben magisch sind. Vielleicht lag es an den Nullen, an der Vorstellung, sie befänden sich jenseits eines reinigenden Feuers, oder dass der runde, formvollendete Charakter der «2000» eine Art Triumph sei, ein Beweis dafür, dass der Mensch die Zeit regiere und nicht umgekehrt. Rankings wurden erstellt, unzählige Jahrhundert- und Jahrtausendrankings, vielleicht, um in Erinnerungen zu schwelgen, aber vor allem, um Erinnerungen zu bannen, als löse sich die

Vergangenheit in Luft auf, wenn man sie nur säuberlich katalogisierte. Früher, in meiner Kindheit und Jugend, war die Jahrtausendwende ein leuchtender Punkt in ferner Zukunft gewesen, ein Ort hinter einer glitzernden Zwei und drei fantastischen Nullen, wo ich erwachsen wäre, selbstgewiss. Im Lauf der Jahre, seit Beginn der Achtziger, hatte ich mich mit verschiedensten Leuten für die Silvesternacht verabredet, um Punkt zwölf mit Katarina und Anette auf dem Bolzplatz an der Dejegatan, mit Jimmy Pihl am Brandenburger Tor, mit Laura und drei anderen Amerikanerinnen, deren Namen ich vergessen habe, am Kap Komorin, und natürlich mit Danne im Kvarnen, Verabredungen, die Momenten der Euphorie entsprangen oder einem Zukunftsrausch, vielleicht auch einem Hochmut gegenüber der Zeit. Ich hatte nicht vor, an einem der Treffpunkte zu erscheinen, und nahm an, dass es den anderen ähnlich ging, vielleicht mit Ausnahme von Danne, der mir gelegentlich in den Straßen rund ums Kvarnen über den Weg gelaufen war, ein paarmal waren wir stehen geblieben und hatten gequatscht, meist war er betrunken oder zumindest verkatert, an Spieltagen trug er einen grün-weißen Schal um den Hals, und einmal erzählte er, der Preis für Hasch reagiere genauso empfindlich auf die Inflation wie der Preis für einen Big Mac. Im Leben hatten Danne und ich verschiedene Richtungen eingeschlagen, doch in der Stadt bewegten wir uns auf denselben Straßen, und wenn sich unsere Wege kreuzten, spürte ich leises Unbehagen, im Bauch, rund ums Sonnengeflecht oder wo auch immer meine in einem Paralleluniversum getroffenen Lebensentscheidungen steckten, die Vorstellung, dass ich hier neben ihm stehen könnte, mit Haschischpreisen und Heimspielen im Kopf. Dann fiel mir auf, dass er mich nicht weniger mitleidig ansah, mein pflichtschuldiges Erwachsenenleben mit durchwachsener Karriere, kurzlebigen Beziehungen, ständigen Umzügen und ohne Kinder. Danne hat drei Kinder mit genauso vielen Frauen, drei «zornigen Weibern», doch soweit ich verstand, war er weder in ein Familien- noch in ein beständiges Arbeitsleben verwickelt. Er treffe die Kinder manchmal, jobbe mal hier, mal da, fahre zum Roskilde- und anderen Festivals, wenn er das nötige Kleingeld habe, er führe ein «verdammt geiles Leben», und ein Jahrtausendwechsel sei kein Grund, sich verrückt zu machen. «Hier drinnen sitzt die Zeit», sagte er und tippte sich an die Schläfe, «kein Grund zur Panik.» Ich selbst hatte dem neuen Jahrtausend entgegengefiebert, solange es in weiter Ferne lag, es war eins dieser Geschenke, die am besten verpackt bleiben, und je näher der Millenniumswechsel rückte, desto infantiler erschienen mir meine Tagträume von mir «als Erwachsene». Möglicherweise dachten am Ende alle das Gleiche, das Geschenk war kein Geschenk, sondern bloß ein weiterer Tag, der kommen und gehen würde. Einige rechneten mit einem Bug, der für weltweite Computerabstürze, Chaos und geradezu apokalyptische Zustände sorgen würde, andere mit einer punktgenau getimten Invasion aus dem All, doch die meisten wollten einfach nur feiern, ausgiebig, feuchtfröhlich und wild, auf der Party aller Partys, auf der Party aller Partys aller Partys, um den kommenden Generationen zu erzählen, welch irre *Party* die Jahrtausendwende gewesen sei, und sollten ihre Erwartungen enttäuscht werden, würden sie dennoch erzählen, welch irre Party die Jahrtausendwende gewesen sei. Sally trug einen Anstecker mit einer herzumrandeten «1900», das einzige Accessoire mit dezidierter Botschaft, das ich je an ihr gesehen habe, und trotzdem probierte sie bereits potenzielle Silvesterkleider an. Der Film war vorbei, ich war eingenickt, während des Abspanns aufgewacht und saß nun mit einer Tasse kalten Tees in den Händen da und sollte eine Meinung zu Sallys Kleidern haben, schwarz oder rot, lang oder kurz, dezent oder extravagant. Für den Silvesterabend hatten wir drei Akte geplant: Vorglühen und Dinner, Mitternachtsparty, Nachglühen. «Drei Partys, drei Kleider», sagte Sally. Das Dinner wollten wir selbst ausrichten. Tagelang war sie durch die Secondhandläden der Stadt gestreift und hatte einen Fundus zusammengetragen, den sie mir jetzt vorführte. Sally lebte für Mode und besaß Hunderte Kleidungsstücke. An manchen Abenden zog sie sich derart häufig um, dass wir am Ende zu Hause blieben, mit Klamotten und Charade oder Klamotten und Lesung (*Die Hundsstunde*, *Hausfrieden*) oder Klamotten und Wein. Sally hatte keine Beziehungen, sondern *Liebhaber*, die kamen und gingen oder kamen und in den Wind geschossen wurden, und meist war alles vorbei, ehe es begann. Für sie war es ein Spiel, zumindest tat sie so, eine Schlafzimmerposse, bei der sie die Namen ihrer Liebhaber vergaß und sich über die Männer lustig machte, die sie zu zähmen versuchten. Sie wollte ihr Leben gern mit jemandem teilen, *rein theoretisch*, irgendwann, in der Zukunft, mit dem Richtigen. Doch tauchte der Richtige auf, ein unverheirateter Mann ihres Alters, den sie so sympathisch wie anziehend fand, entpuppte er sich am Ende als der Falsche. Manche hätten sie «wählerisch» genannt, aber das war sie nicht, auch nicht verwöhnt, mäkelig oder borniert, denn der Grund dafür, dass sie die Männer verjagte, kaum dass sie Wurzeln schlugen und ihre Zahnbürsten zögerlich auf den Waschbeckenrand legten, war kein Charakterzug, sondern die Leerstelle anstatt eines Charakterzugs, sofern Vertrauen ein Charakterzug ist, die Sally ins Taumeln brachte, sobald sie sich zu verlieben drohte. Sprach ich von «verlieben», sprach Sally von «verlieren», ein Grundmotiv unserer Unterhaltungen, der Abstand zwischen diesen Wörtern, Sallys Angst, «sich zu verlieren», und meine Neigung, mich «zu verlieben». Ihr aktueller Liebhaber war eine sichere Bank, Robert würde bald nach Tel Aviv zurückkehren und sein Medizin- oder Chemiestudium fortsetzen (was genau er studierte, konnte Sally sich nicht merken), vielleicht noch ein paar liebeskranke Mails schreiben und schließlich das Handtuch werfen. Als ich Sally fragte, ob sie ihn besuchen werde, rümpfte sie die Nase. Vertrauen ist nur ein Wort, solange wir es nicht körperlich spüren. Doch einmal in uns verankert, breitet es sich aus und kleidet sich in andere Namen. Johanna, Hägersten, Papa, Atlas, Farsta. *Sich verlieben*, für mich jedes Mal wie eine Tätowierung, alles blieb, die Details wurden bewahrt, alle Menschen, die ich gemocht oder geliebt hatte. Ich sah zu, wie Sally die Kleider in den Schrank hängte. Drei hatte sie ausgesucht, drei weitere als Reserve beiseitegelegt. *Sich verlieren*, vielleicht ging es nur um das richtige Kleid und den richtigen Rausch, darum, der richtigen Person zu begegnen, in der einen grenzenlosen Öffnung, in der das Vertrauen sich verankern kann, ohne einen Anker zu werfen, wie bei dem unzerbrechlichen marmornen Ei, das sich aufschlagen lässt, wenn man den einen magischen Zeitpunkt erwischt.

Und dann der Samstag in Vaxholm, ein Lokal mit Glasveranda zum Wasser hin, Zomby Woof spielte als zweite von vier Bands, um kurz vor neun waren sie fertig, und Alejandro zickzackte sich durch das Gedränge zu meinem Fenstertisch. Ich war allein, nüchtern, fokussiert, es war, als hinge der Rest meines Lebens von diesem Moment ab, ich versuchte, wacher zu sein als wach, vollkommene Klarheit zu erlangen, die Sinne aufzusperren. Ich fühlte mich geschichtslos, als käme ich nirgendwoher, als hätte das zwanzigste Jahrhundert nicht dreißig Jahre lang in mir gewirkt und ginge nun zu Ende, und als wir uns wenige Stunden später auf den Weg machten, war nur eine klitzekleine Berührung geschehen: Sein Zeigefinger hatte meinen Handrücken gestreift. Nur ein halber Dezimeter Haut, ein Sekundenbruchteil, aber auch jetzt, mehr als zwanzig Jahre später, kann ich mir die Berührung in Erinnerung rufen, das Echo in meinem Körper, wie meine Adern zu eng wurden für mein Blut und ich zu klein für mein Leben, das überströmte und sich überall festklebte, erst im Taxi nach Hause, dann bei ihm, stundenlang, in seiner Zweizimmerwohnung in Örnsberg mit dem schmalen Bett in der Ecke, in dem unser Lachen einem Ernst wich, dessen Dringlichkeit mir Angst einjagte, denn es ging nicht mehr um Genuss, sondern um etwas anderes, etwas Größeres, einen Raum in meinem Innern, in dem sich alles lichtete und klar wurde, meine Kindheit, meine Menschen, wie alles zusammenhing. Mein «Begehren» blieb nur so lange ein «Begehren», bis ich darin verschwand, für immer. Und zugleich entstand ein neues

Begehren, die Verheißung eines flüchtigen Zaubers, als sich Orte in ihm und mir berührten, die sich nicht berühren konnten. Dabei trotzdem authentisch zu bleiben, nicht in Gedanken zu versinken, nicht so zu tun als ob, mein Leben einmal mehr ungestört zerstören zu können. In solchen Situationen, an dieser Grenze, war ich mir selbst nah, doch jetzt fand ich ihn dort, in meinem Fleisch, so introvertiert ich auch war, fand ich ihn dort, als hätten wir schon immer aufeinander gewartet, auf den Schweiß und das Feuer, die bald miteinander verschmolzen.

Am nächsten Morgen stand er lange vor mir auf, er müsse «was in der Stadt erledigen», doch als ich das nächste Mal wach wurde, lag er neben mir, und während ich aus meinem Traum glitt, sah ich nicht den Rand, wo der Tag anfing, wo «ich» anfing. Bis heute erinnere ich mich so an Alejandro, er lag still neben mir, den Kopf auf dem Kissen, das Gesicht nah an meinem, die schwarzen Augen ein Doppelpunkt, durch den ich mich hindurchzwängen wollte. Mehr als einmal hat mein Leben die volle Dosis Magie erfahren, meist in Begegnung mit anderen. In Begegnungen geschieht etwas, und *nur* dort. Genauer vermag ich es nicht zu beschreiben, nur dass wir beieinander nachspüren müssen, wenn wir suchen, dass unsere Augen einander spiegelnde Doppelpunkte sind, in etwas hinein oder aus etwas hinaus.

«Schwieriger Typ», sagte Sally nur eine Woche später und kratzte um «schwieriger» Striche in die Luft, eine Teenagermarotte, die manche zeitlebens nicht ablegen. Heute würde dieses «schwierig» Alejandro vermutlich auf einem medizinischen Spektrum verorten, aber nicht damals, nicht im Oktober vor der Jahrtausendwende. Sally half mir beim Umzug aus Årsta. Die letzten Sachen warf Kristian aus dem Fenster: Ein Kleid nach dem anderen segelte mitsamt Bügel zu Boden. Als ich merkte, dass er nach mir zielte, drückte ich mich an die Hauswand, bis er das Fenster zuschlug. Ich schleppte die Kisten auf Sallys Dachboden und zerrte eine Matratze in ihre Werkstatt. Mit «schwieriger Typ» spielte sie nicht auf die Drogen an, sondern darauf, wie er kam und ging, plötzlich verschwand und zwei Tage später aus einer anderen Stadt anrief, wie er zu einer Verabredung viel zu spät erschien oder viel zu früh oder gar nicht. Er lebte ohne Pläne, ohne Versprechungen, ohne klares Bild von der Zukunft, ihm graute vor der «Tyrannei des Alltags», und da ich so hoffnungslos fixiert war auf diesen Alltag, mit all seinen Stunden, die pünktlich und präzise durch uns hindurchfließen, diesen detaillierten Plan des beständig tickenden Wunders, war das Ende unserer Geschichte vom ersten Augenblick an offensichtlich und unabwendbar. Es lag in der Natur der Sache, wie das Ende einer Jahreszeit, und genau da brannte unser Feuer. «Wir waren eben zu verschieden», wurde meine Standardantwort auf die Frage, was zwischen uns vorgefallen sei, auch wenn «zu verschieden» ein Euphemismus und «mehr nicht» dreist gelogen war. Er war ein schwieriger Typ in einer schwierigen Welt, überspannt und widersprüchlich, und meist fügte ich hinzu, «es wäre so oder so nicht lange gut gegangen», halb begründeter Verdacht, halb der Versuch, mich selbst zu trösten.

Das erste Sallykleid des Silvesterabends war lang und blau, mit schmalem goldfarbenem Band gesäumt, auch der gewagte Beinschlitz war golden abgesetzt, ein schimmerndes, umgedrehtes V, das im Zusammenspiel mit Sallys markanten Schlüsselbeinen und ihrem schallenden Lachen den Ton angab für den Abend und die Nacht. Obwohl Sally ein wenig breiter und vor allem größer war als ich, hatte sie mir ein schwarzes Kleid geliehen und für mich geändert. Es saß wie angegossen. Sie gab nie etwas aus der Hand, bevor es vollendet war, begegnete jedem Ding mit größter Achtung, und kam ich zu einer Party, sah ich schon an der Tür, dass sie anwesend war, wenn ihre Schuhe ordentlich nebeneinander im Regal standen oder neben dem Berg fremder Schuhe in der Ecke. Ihren Händen und Bewegungen war diese besondere Wärme zu eigen, eine Zärtlichkeit gegenüber den Dingen, die Sallys Berührung zum Leben erweckte. Als sie mir von dem hässlichen Wassersprudler erzählte, den ein Kunde ihr geschenkt hatte, senkte sie die Stimme, als wollte sie die Gefühle des Wassersprudlers nicht verletzen, und als sie das Ungetüm in den Schrank stellte, in dem bereits eine Kaffeemaschine aus Plastik, eine Mikrowelle und weitere unansehnliche Küchengeräte ein Schattendasein fristeten, wandte sie dieselbe methodische Achtsamkeit an, mit der sie Möbel aufarbeitete oder sich um das Grab ihres Vaters kümmerte, wie um selbst dem kleinsten Detail der Dingwelt größten Respekt zu zollen. Das Dinner fand bei ihr statt, im Wohnzimmer, gut zehn Gäste rings um einen langen Tisch, daneben ein zweiter für Wein und Sekt, man rauchte unter der Dunstabzugshaube oder auf dem Balkon im Treppenhaus, das Hauptgericht (Lachs in Blätterteig) wurde verspätet aufgetischt, und das Dessert (Sorbet) angesichts der fortgeschrittenen Stunde rasch verschlungen. Jetzt saß Sally mit einem

Zigarillo in der Küche, einen Fuß auf dem Tisch, der Schlitz ihres Kleids entblößte ihr ganzes Bein. Bald würde sie ins Schlafzimmer gehen und sich umziehen. Sie blies den Rauch zum offenen Fenster hinaus. «Eigentlich wünsche ich mir nur drei Dinge für das neue Jahrzehnt», sagte sie. «Also, für mich persönlich.» Ich war nüchterner als sie und räumte auf, Schmutzgeschirr samt Besteck in die Spüle, Weingläser auf die Arbeitsfläche, leere Flaschen in Plastiktüten. Vor dem Dinner hatten wir uns ausgemalt, die Gesichter um den Tisch würden uns für immer im Gedächtnis bleiben, die Gespräche und der Abend würden wegen des feierlichen Datums unvergesslich sein, doch tatsächlich hat sich mir nur eine Handvoll der Anwesenden eingeprägt, Sallys Bruder Jack, der in New York lebte, seine damalige Freundin Beth, die mir während des Dinners innige Blicke zuwarf und mich später auf der Tanzfläche des Södra Teatern zu küssen versuchte, Markus, Sallys Kindheitsfreund, der sich bereits einen Namen als Regisseur gemacht hatte, und ihm gegenüber Paul, der sich einen Spaß daraus machte, so zu tun, als hätte er noch nie von Markus gehört. Wir steckten irgendwo zwischen dem zwanzigsten Jahrhundert und einem noch unbeschriebenen Jahrtausend, in einem wundersamen Spalt in der Zeit, und widmeten uns trotzdem Belanglosigkeiten und korrupten Gefühlen, Paul fragte: «Wie war dein Name? Rasmus?», worauf Markus ihn beleidigt korrigierte und Anna, ihres Zeichens Journalistin, bemerkte, «Ich weiß, wer du bist, ich hab schon viel von dir gesehen», gefolgt von einem ausführlichen Bericht über eine grandiose Theaterinszenierung, die nicht von Markus war, woraufhin er auch Anna korrigierte, sein Handy hervorzog und Leute anrief, um sich anderswo einzuladen. «Drei Dinge, das ist doch nicht zu viel verlangt», sagte Sally und nahm einen theatralischen Zug, den Zigarillo zwischen zwei abgespreizten Fingern. Nur Menschen, die höchstens ein-, zweimal im Jahr rauchen, rauchen so, sie «rauchen», zelebrieren das Rauchen als demonstrativen Akt ihrer Freiheit. Dann schnippte Sally den Zigarillo ins Matschwetter hinaus, und als sie aufstand, schloss sich der Beinschlitz, das Kleid legte sich perfekt um ihren Körper. «Weltfrieden, Küsse und ein Baby. Das ist doch ziemlich bescheiden?»

Alejandro hatte sich am Vorabend auf große Reise begeben, Lateinamerika «und ein bisschen USA». Als er sagte, er wolle mich treffen, wusste ich, es war aus. Zum ersten Mal weinte ich seinetwegen und nahm ein Taxi nach Örnsberg, doch nicht, um ihn aufzuhalten, ich wollte ihn nur ansehen, und als wir im Flur standen, legte er eine Hand auf meine Brust, die andere auf seine. Es war aus, wir mussten es weder aussprechen noch das Wortfeld um «zusammen» und «getrennt» durchpflügen, ich musste weder mit meiner eigenen Wut hadern noch fragen, wann er zurückkäme, er musste weder Antworten rauszögern noch Versprechen brechen. Dann warf er einen Blick auf die Uhr. «Mein Flieger geht in vier Stunden. Genug Zeit, um deinen Pass abzuholen.» Ich starrte ihn an. «Wie meinst du das?» Schweigend legte er mir die Hände auf die Schultern. Später am Abend trennten wir uns am Hauptbahnhof in der großen Halle, ich vergrub die Hände in den Taschen, steuerte langsam auf den Ausgang in Richtung Vasagatan zu, und jedes Mal, wenn ich mich umdrehte, stand er da und schaute mir nach. Er musste sich meines Neins sicher gewesen sein, sonst hätte er die Frage nicht riskiert, so war das Ende eindeutig, einvernehmlich, leichter zu ertragen für uns beide. Unsere Beziehung war kurz wie ein Atemzug gewesen, und trotzdem blieb er bei mir, als hätte sich in meinem Innern etwas um ihn gekrallt, ein neues Paradigma für alle zukünftigen Verben. Jeder Mensch, den ich seither geliebt oder «geliebt» habe, musste sich in den ersten entscheidenden Augenblicken mit ihm messen, und oft habe ich mich laut geräuspert, um meine Gedanken zu vertreiben, die schrecklich irrational und ungerecht waren und nie zu jemandes Gunsten ausfielen. Bekannten gegenüber nennt mein waches Ich ihn mitunter «eine kolossale Lappalie», doch in einem wiederkehrenden Traum steht Alejandro plötzlich vor der Tür und fragt, wann ich endlich komme, und jedes Mal greife ich nach meiner Jacke und folge ihm. Meist, ohne mich umzusehen.

Während Sally in ihr zweites Silvesterkleid schlüpfte, einen knielangen, schwarz glitzernden Fummel, strumpfeng und mit dünnen Trägern, verlor der Taxifahrer vor dem Haus die Geduld und fuhr ohne uns los. Wir hatten den ganzen Tag Radio gehört, jede volle Stunde wurde von einem anderen Ort auf der Welt berichtet, an dem die Uhr zwölf schlug, und diese wandernde Jahrtausendwende hatte etwas unbestreitbar Schönes an sich, dass wir auf einer Erdkugel lebten, die sich Runde um Runde drehte, in der Nähe eine Sonne, die aufging und hinter einem Horizont nach dem anderen verschwand, und bald waren wir an der Reihe. Sally lieh mir eine Anzughose und eine schwarze Bluse, weil mir beim Kochen Olivenöl aufs Kleid gespritzt war, danach fuhren wir auf meinem Rad über die von Schneewällen gesäumte Katarina Bangata und die Östgötagatan, gingen das letzte steile Stück zum Mosebacke Torg zu Fuß und stellten uns in die kurze Schlange vorm Södra Teatern. Unsere Karten hatten wir schon im August besorgt. In der Ecke neben der Garderobe standen Jack und Beth und stritten miteinander, Anna saß schon im Getümmel an der langen, mit blinkenden Lichterketten dekorierten Bar. Im Eintritt war eine Flasche Sekt enthalten. «Irgendwie abartig», sagte Sally und führte die Flasche an die Lippen. Ich wartete auf ein Glas, doch der Barmann machte keinerlei Anstalten, mir eins zu geben. Ich sah mich um, alles schob sich dicht gedrängt aneinander vorbei und schlürfte Sekt aus der Flasche. Es war kurz vor elf. Jack verschwand und kam nach zwanzig Minuten zurück. Unterdessen fragte Beth, ob das Gerücht stimme, ob ich tatsächlich mit dieser Fernsehmoderatorin zusammen gewesen sei, «mit dieser hübschen Fernsehmoderatorin», und ich schüttelte den Kopf. Dann sagte ich: «Ist sie nicht beim Radio?», und Beth erwiderte lachend: «Wusste ich's doch, du kennst sie.» Der DJ schälte sich aus seinem Pulli, drehte die Musik auf volle Lautstärke und brüllte in sein Mikro. Draußen auf der Terrasse sicherten sich die ersten Grüppchen die besten Plätze. Manche holten Pocketkameras heraus und fotografierten sich gegenseitig vor der Aussicht über Slussen, Gamla stan und die funkelnde Bühne auf dem Kai an der Skeppsbron. Erste vereinzelte Böller knallten, überall waren Menschen unterwegs, und der Neuschnee färbte alles weiß. Jack tanzte mit Anna und Beth, Sally kam zu mir auf die Terrasse. «Gleich», sagte sie und blickte über die Brüstung, «gleich seid ihr für ein paar seltsame Stunden auf derselben Erde, aber nicht mehr im selben Jahrtausend.» Sie trank einen Schluck. «Daran hab ich auch schon gedacht», sagte ich. Sally nickte langsam. «Wenn das mal nicht zeigt, dass Zeit nur eine Konstruktion ist», fuhr sie fort, «totaler Blödsinn.» Sie machte mit der Flasche eine Geste zum Himmel und hob die Stimme, «geht alle nach Hause», rief sie, «der ganze Scheiß ist Bauernfängerei, alles erstunken und erlogen.» Ein paar Leute wandten sich Sally zu, doch Musik und Lärm zerstreuten ihr Interesse. «Vielleicht legst du mal eine Pause ein», sagte ich, als sie zum nächsten Schluck ansetzte. Meine eigene Flasche hatte ich irgendwo abgestellt und nicht vor, mich auf die Suche nach ihr zu machen. Immer mehr Menschen drängten auf die Terrasse, um vor Mitternacht draußen zu sein. Schließlich hatten sie für die atemberaubende Aussicht bezahlt, für Logenplätze unter dem Nachthimmel, unter dem öffentlichen Feuerwerk der Stadt, das zur Feier des Tages von eigens rekrutierten Fachleuten gezündet wurde. Die kleine Terrasse am nördlichen Rand von Södermalm war außerdem der perfekte Beobachtungsplatz, falls der Millennium-Bug tatsächlich zuschlagen und die Stadt in Dunkelheit tauchen oder falls etwas Unerwartetes geschehen würde, falls das Universum auf die Idee käme, uns anzubrüllen, die Welt zu verschlingen oder uns zusammen mit den Zweitausender-Nullen eine wichtige Botschaft zu liefern. Beth und die anderen versuchten, sich durch das Körpergewimmel einen Weg in unsere Richtung zu bahnen. Am anderen Ende der Terrasse stand Markus mit ein paar Leuten. Es war Viertel vor zwölf, die Frequenz der Böller nahm zu, und hinter der Häuserzeile auf dem

Katarinavägen schossen die ersten funkelnden Raketen in den Himmel. Ich fror in der Kälte. Als Beth und Jack sich zu uns durchgekämpft hatten, hob Beth die Flasche zum Anstoßen, Sally machte es ihr gleich und trank einen Schluck. «Endlich geht dieses beschissene Millennium los», sagte sie. Wir standen dicht beieinander, zusammengedrängt von den Menschen ringsum. «Ja, jetzt heißt es vergessen und nach vorn schauen», sagte ich. Sally lachte, als hätte ich einen Witz gemacht. «Nach vorn schauen kannst du», sagte sie, «aber Vergessen war noch nie deine Stärke.»

Das dritte Sallykleid sah ich nicht mehr, da ich die Party kurz nach Mitternacht verließ, zu Sally nach Hause ging und mit Ohrstöpseln auf der Matratze einschlief, doch es war aus roter Stretch-Viskose und ging kaputt, als das neue Jahrtausend wenige Stunden alt war und Sally sich in einem fremden Badezimmer rittlings auf einen Meeresbiologen setzte. Sie war inzwischen bei einer Hausparty, irgendwo an der roten Linie in Richtung Norden, genauer erinnerte sie sich nicht, doch auf ihrem Unterarm prangte eine Telefonnummer in der Farbe ihres Lippenstifts. Am nächsten Morgen war der Jahreswechsel allerorts überstanden, der Planet schien verkatert, zufrieden und bereit. Sally und ich saßen in der Küche, tranken Kaffee und aßen Dickmilch. «Ich habe so ein Gefühl», setzte ich an und deutete auf ihren Arm, worauf Sally abwehrend die Hand hob. «Klar. Und was ich erst alles im Gefühl hab», sagte sie. «Aber erst mal bringen wir diesen Tag rum. Diesen Tag, dieses Frühstück. Dann sehen wir weiter.»

Fünf Monate nach der Jahrtausendwende sah ich

mich veranlasst, Alejandro zu suchen. Es war der wärmste Frühling seit Jahrzehnten, und ich hatte meine erste eigene Wohnung bezogen, zwei kleine Zimmer in Gubbängen mit Ostbalkon zum Innenhof, sodass ich in der Morgensonne Zeitung lesen konnte. Schon Ende April blühte die Traubenkirsche, die jedes Jahr aufs Neue platzende Fruchtblase, und über die Grünflächen der Stadt legte sich ein schwerer Duft, ein dumpfer Schmerz, eine organische Sattheit, fremd und vertraut zugleich, ein Ort der Trägheit in einer neuen Zeit mit neuer Seele. Sally war seit Februar mit ihrer neuen Liebe in Indien und schickte mir lange, verschlungene E-Mails, sobald sie ein Internetcafé entdeckte. Ich arbeitete drei, vier Tage die Woche und streifte sonst durch die Stadt, saß im Vasaparken auf einer Bank und dachte an die Ratte, die Niki und ich an einem Sommermorgen dort gefunden hatten, schwer von Würmern und Tod, der gleißenden Sonne ausgeliefert. An einem Samstag Anfang Mai fuhr ich zu der Wohnung in Örnsberg, doch die Frau, die mir aufmachte, kannte keinen Alejandro. Sie habe ein Jahr im Ausland verbracht und ihr Untermieter habe die Wohnung ebenfalls vermietet, nach ihrer Rückkehr sei alles aufgeräumt gewesen, bis auf ein Hemd und ein paar Haargummis im Bad. «Sie haben hier mit ihm gewohnt? Mit diesem Alejandro?» Über sie hinweg sah ich die vertraute Flurtapete, dunkelblaue Anjou-Lilien auf hellblauem Untergrund, den Holzfußboden, den Flickenteppich, den weiß lackierten Rahmen der Wohnzimmertür. «Nein, aber ich war hier. Wir waren hier. Ich dachte, er hätte vielleicht eine Adresse hinterlassen. Oder eine Nummer.» Sie schüttelte den Kopf. Als aus der Wohnung eine

Kinderstimme rief, verabschiedete ich mich und wandte mich zum Gehen. «Warten Sie kurz», sagte sie und verschwand. Kurz darauf kam sie mit einer kleinen Tüte zurück, mit einem speckigen weißen Hemd und drei roten Haargummis, an denen ein paar Haare hingen. «Sonst werfe ich die Sachen weg», sagte sie. Ein paar Stunden später machte ich mich auf den Weg zum Proberaum der Band in der Gävlegatan und fand Jens hinter seinem Bass. Seine Finger wanderten in einer monotonen Basslinie über das Griffbrett. In einer Ecke lag eine Matratze mit einem Schlafsack, neben der Spüle stand ein Topf mit zusammengepappten Nudelresten. Jens folgte meinem Blick. «Tja, willkommen in meinem bescheidenen Heim. Kaffee?» Ich nickte. Jens stellte das Instrument ab, schaltete den Wasserkocher ein und holte eine Kaffeedose hervor. Alejandro sei ins Ausland verschwunden und seit Monaten nicht gesehen worden, obwohl für das Frühjahr mehrere Konzerte geplant gewesen waren. «Natürlich haben wir trotzdem gespielt, aber ohne ihn war es nicht das Gleiche.» Er stellte zwei Kaffeebecher auf den Tisch, sah mir in die Augen und machte eine Wegwerfbewegung. «Gut, ehrlich gesagt, war es eine Katastrophe. Die Veranstalter haben die übrigen Konzerte abgesagt.» Er wusste nicht, wo Alejandro steckte, hatte weder eine Adresse noch eine Telefonnummer, «nicht mal seinen richtigen Namen», und bezweifelte stark, dass Alejandro sich je wieder blicken lassen würde. «Manche Menschen sind so», sagte er, «sie rauschen nur kurz an deinem Leben vorbei.» Er stand vor der kleinen Küchenzeile, mit dem Rücken zu mir. «Sein richtiger Name?», fragte ich. «Was meinst du mit *richtiger Name*?» Jens wandte sich zu mir um. «Na ja, ich dachte, Alejandro ist doch bestimmt nur ein Künstlername. Dass er eigentlich anders heißt.» Der Wasserkocher schaltete sich klickend aus, Jens stellte ihn auf den Tisch, ich knöpfte meine Jacke auf und setzte mich. «Ah», sagte er, als sein Blick auf meinen Bauch fiel, «deshalb suchst du ihn.» Der Kaffee schmeckte grässlich, aber ich nippte daran, während Jens erklärte, er werde in der Woche darauf mit einer anderen Band touren, und speicherte meine Nummer ein, falls Alejandro sich wider Erwarten melden sollte. «Viel Glück», sagte er noch, ehe ich ging. Dann machte er eine weit ausholende Geste. «Mit allem.»

Vor ein paar Jahren hat Jens mich angerufen, ich musste das Album von Zomby Woof rauskramen, und dann stand ich einen verwirrten Augenblick lang im Wohnzimmer, die glänzende Scheibe in der Hand und ohne Gerät, auf dem ich die CD hätte abspielen können. Das Schwarz-Weiß-Bild von Alejandro auf dem Booklet war unscharf, körnig, der Schriftzug verschwamm mit seinem schwarzen Haar. Auf die grafische Gestaltung war ebenso wenig Mühe verwendet worden wie auf die Produktion des Albums, das in meiner Erinnerung amateurhaft war, gespickt mit endlosen skurrilen Soli. Nach einem «Hit» konnte man lange suchen, und ich bezweifle, dass irgendwer auch nur im Ansatz in Erwägung gezogen hatte, das Album an Radiosender zu schicken, Zomby Woof war eine Live-Band, deren Musik sich nicht herunterleiern ließ, die CD nur ein Nebenprodukt, eine kleine Zugabe, die man eine Weile zum Selbstkostenpreis an der Bar oder Kasse der Clubs erwerben konnte. Doch jetzt hatte das Blatt sich gewendet, tat Jens kund. Er habe ein dringendes Anliegen, «ein Riesending». Ich schlug vor, das Ganze am Telefon zu besprechen, aber er bestand darauf vorbeizukommen, es sei äußerst eilig, «endlich ist die Welt bereit für Zomby Woof.» Ich sah ihn vor mir, am Kontrabass, gleich neben dem Schlagzeug, eine Art Kapellmeister mit runder Brille und musikalischem Drive, einen Kopf kürzer als sein Instrument. Er kam noch am selben Nachmittag und berichtete, ein Berliner Radiosender spiele seit geraumer Zeit Zomby Woof, «rauf und runter, nonstop», und einige weitere deutsche Sender seien auf den Zug aufgesprungen. Er könne selbst nur spekulieren, wie ein Exemplar der vergessenen CD den Weg nach Berlin gefunden hatte, aber das Interesse sei «riesig», er rechnete fest mit einer Tournee. Er saß in meiner Küche und strich mit dem Finger über die Teetasse, die ich ihm hingestellt hatte. Die grauen Haare hatten einen modernen Bürstenschnitt, die Brillengläser waren viereckig, und er erinnerte nur vage an den überschwänglichen Bassisten mit den langen Fingern. Von meinen zwei Teenagern, die in der Küche ein und aus gingen, nahm er keine Notiz. Zwischen uns auf dem Tisch lag das Objekt der Aufregung, das Album, das ich nicht abspielen konnte. Doch weitere CDs zu produzieren, stehe ohnehin nicht zur Debatte. «Wir müssen zu Spotify», erklärte Jens. Ich musterte sein Gesicht, er meinte es ernst. «Danach Clubgigs in Berlin und anderen Städten, dann vielleicht ein paar größere Konzerte.» Auch in den Niederlanden und Belgien werde die Band heiß gehandelt, «vielleicht sogar in Japan». Er arbeite als Vertretungslehrer für Musik, so eine Gelegenheit müsse die Band am Schopfe packen. «Weißt du, die Jugend ist heute viel nerdiger als früher, die wissen, was gut ist.» Er fragte, ob ich eins der im Internet kursierenden Videos gesehen hätte. «Von damals. Die Leute posten Konzertaufnahmen, wegen unseres Comebacks.» Jeder Satz war gespickt mit Wörtern, um die ich Anführungszeichen zeichnen wollte, darunter auch «Comeback», aber ich versprach, mir die Videos bei Gelegenheit anzuschauen. «Und du weißt nicht, wo er ist?», fragte Jens schließlich. Ich spürte einen Stich, ins Sonnengeflecht, und schüttelte den Kopf. «Nein.» Er sah sich in der Küche um, musterte Wände und Regale, als bärgen sie Hinweise. «Und weißt du, ob er überhaupt noch lebt?» Ich zuckte die Schultern. «Eigentlich nicht. Aber ich bin mir sicher, ich hätte etwas gemerkt, irgendwo im Körper. Wenn er gestorben wäre.» Ich legte mir eine Hand auf die Brust. Und da sah ich in Jens' Gesicht, dass er sich nicht nach Alejandro erkundigt hatte, nicht nach meinem Alejandro, sondern nach dem Miturheber der Musik, die sich nach all den Jahren endlich in barer Münze auszahlen sollte. An den Musikrechten waren alle Bandmitglieder beteiligt. «Wenn er nicht mitzieht, kann's kompliziert werden», sagte Jens, «also, logistisch, finanziell.» Nachdem er sich die Jacke übergestreift hatte, beugten wir uns noch eine Weile über sein Handy, er rief einen Konzertclip auf, den irgendwer auf YouTube hochgeladen hatte, doch das Video ließ sich nicht starten. Ich versprach, ihm Bescheid zu geben, sollte ich von Alejandro hören. «Folg mir auf Insta», sagte Jens und wandte sich um. «Da findest du alles.» Im selben Augenblick drehte sich ein Schlüssel in der Wohnungstür, und dann trat meine älteste Tochter in den Flur. Sie und Jens sahen einander wortlos an, ehe er sich zu mir umwandte und die Brauen hochzog. Ich nickte. Die schwarzen Locken, die Augen, der Mund, die sanften Züge. Es war nicht zu übersehen. Am Abend öffnete ich Jens' Instagram-Profil, das ganz im Zeichen von Zomby Woofs erhofftem Comeback stand, oder «Mega-Comeback», wie er unter seinen Beiträgen schrieb. Ich klickte auf einen Link, doch mein altes Handy boykottierte das Format. «Vielleicht sogar in Japan», ich dachte daran, wie Alejandro hier gekichert hätte.

IV

BIRGITTE

Wir leben so viele Leben in unserem Leben, kleinere Leben mit Menschen, die kommen und gehen, Freundinnen und Freunden, die verschwinden, Kindern, die groß werden, und ich weiß nie, welches meiner Leben den eigentlichen Rahmen bildet. Habe ich Fieber oder bin verliebt, erscheint mir alles so klar, mein «Ich» weicht einem namenlosen Glück, einer Ganzheit, die Details sind unversehrt, miteinander verbunden und dennoch einzeln erkennbar. Später assoziiere ich diesen Zustand mit dem Gefühl, begnadigt worden zu sein. Vielleicht lässt die Ganzheit sich ja so schildern, über die Menschen, die in keiner Rangordnung durch meinen Blick in mir ein und aus gehen. Ohne «Anfang», ohne «Ende», ohne Chronologie, nur Augenblicke, und was darin entsteht. Jetzt, da ich mit dem Schreiben begonnen habe, komme ich um einen Menschen nicht herum. Birgitte. Früher hatte ich mir eingebildet, ich würde dieses intensivierte Lebensgefühl im Wald finden, müsste es mir zwischen hohen Kiefern erlaufen, oder allein auf einem Baumstumpf sitzen und in die Sonne blinzeln, oder von einem Felsen aufs Meer schauen, dass ich nur umgeben von stillen Elementen vollkommen wach sein könne. Doch dann merkte ich, dass alles vor mir lag, in den Details ringsumher, dass ich nur hinsehen, loslassen, meine Aufmerksamkeit nach außen richten musste, wahrhaftig nach *außen*. Denn dort steckt das intensivierte Lebensgefühl, in meinem wachen Blick auf einen Menschen. So lernte ich Birgitte zu verstehen, indem ich genauer hinsah.

Mental entstellt durch einen Übergriff in der frühen Jugend, entwickelte sie einen scheuen Charakter, geprägt von nagender Angst. Innerhalb einer Stunde starb sie und wurde als eine andere wiedergeboren, eine Rochade rückte das unerträgliche Ereignis in den hintersten Winkel ihres Bewusstseins, wo es vor der Außenwelt geschützt war, unantastbar für den Rest ihres Lebens, ein eingekapseltes, unversehrtes Bündel. Ich bezweifle, dass Birgitte je in Gedanken an diesen Ort zurückkehrte, jedenfalls nicht bei Tageslicht. Erst nach dreißig Jahren erzählte sie davon und nur einer einzigen Person, und vermutlich wurde ihr da bewusst, dass das Ereignis kein «Ereignis» war, das in ihrem Gedächtnis vergraben lag, sondern eine Farbe oder ein Fraktal, nicht mal eine Erinnerung an sich, sondern ein Ort, dem die Erinnerungen entsprangen, ein Schatten, der ihrem Leben jeden Tag in den Nacken geatmet hatte. Ich nehme an, dass einzelne Erlebnisse einen Menschen auf diese Art prägen, indem sie eingekapselt werden, mitsamt Gift, das langsam heraussickert, ein schleichendes Kommando. Und wie die meisten wissen, war der Urheber der Phrase «Was uns nicht umbringt, macht uns stärker» zuvor nie einem Vergewaltigungsopfer begegnet.

Wobei Birgitte schon vor dem Ereignis feinfühlig war, das «Vulnerabilitäts-Stress-Modell», mit dem die heutige klinische Psychologie erklärt, warum traumatische Erlebnisse sich so unterschiedlich auswirken, hätte mir früher geholfen, sie besser zu verstehen. Vielleicht hätte sie sich selbst besser verstanden. Birgitte war ein ängstliches Kind. Sie war sieben, als ihr Vater starb, es geschah unerwartet, am Tag nach seiner Blinddarmoperation, und als der Krankenwagen losfuhr, war der Fußboden voll Blut und Mageninhalt. Nach der Beerdigung durfte der Vater nicht mehr erwähnt werden, und für die Familie (Birgitte hatte zwei Schwestern) brach ein neues Kapitel an. Ich stelle mir jene Zeit als graue Trance vor, als stummen Fleiß, die Mutter, die bisher zu Hause gewesen war, nahm zwei Stellungen an (als Zimmermädchen im Hotel am Ort und als Hilfspflegerin im Altenheim), um die Familie über Wasser zu halten. Die Kinder wuchsen in ihre Aufgaben hinein und arbeiteten als Jugendliche an den Wochenenden und in den Ferien, um die Haushaltskasse aufzubessern. Neben Arbeit und Schlaf blieb für andere Beschäftigungen wenig Zeit. Begriffe wie *Psychologie*, *Trauma* oder *Trauerarbeit* waren den wenigsten bekannt, und wenn Birgitte zur Wolfsstunde ins Bett der großen Schwester kroch und so tat, als murmele sie im Schlaf «Vater, Vater», legte die Schwester ihr eine Hand auf den Mund, bis Birgitte verstummte und die Augen aufschlug. Das Grab besuchte die Familie nur an den Tagen, die der Kalender ihnen diktierte, und die Mutter wickelte sich ein zartes Spitzentaschentuch um den Zeigefinger und fing jede Träne bereits im Augenwinkel ab. In diesen Momenten gab es nicht viel zu sagen. Sehr viel später, als Birgitte und ich einige Meilen südlich von Stavanger über den Friedhof gingen und das Grab ihrer Eltern suchten (ich musste sie geradezu zwingen, mir den Weg zu zeigen), erzählte sie mir widerstrebend von ihrem Vater, von seinen großen Händen, seinen guten Absichten, der peniblen Ordnung in seiner Werkstatt. Wir fegten Schnee vom Grabstein und legten unsere Blumen auf die Namen und Lebensdaten. Dann sah sie mich kopfschüttelnd an, es gab noch immer nichts zu sagen. Birgitte war also eine bereits verstummte Jugendliche und passte auf das Kind einer Bekannten ihrer Mutter auf, das gerade in seinem Gitterbett eingeschlummert war, als der Herr des Hauses früher als verabredet zur Tür reinkam. Der Lohn für vier Stunden Arbeit, zwanzig Kronen, steckte in Birgittes Rocktasche. Sie war wehrlos und verwundbar, gefasst auf weitere Katastrophen, ängstigte sich vor weiteren Katastrophen, war sich bewusst, was weitere Katastrophen mit ihr anstellen könnten. Ich glaube, dass sie das Ereignis in dem Moment kommen sah, als sie dem Blick des Mannes begegnete, der sich in die Tür stellte. Viele Jahre später arbeitete ich in einer geschlossenen Psychiatrie in Stockholm und begegnete dort Menschen, die mich an Birgitte erinnerten. Ihnen waren Dinge widerfahren, die ich auch lange nach Dienstschluss nicht abschütteln konnte, ihre Ängste waren wie Birgittes Angst, eine Angst, die nicht kommt und geht, sondern einen Tonus bildet. Ängstliches Lachen, ängstliche Freude, ängstliche Spaziergänge, eine ängstliche Art zu reden. Birgittes Angst kannte ich nur zu gut, da sie in jedem Raum hängen blieb, den Birgitte betrat. Wie alles veränderte sich die Angst mit der Zeit, und war doch immer gleich. Obwohl Birgitte das jüngste Kind war, zog sie als Erste zu Hause aus und wurde sie selbst in der Welt. Oder eher: wurde *fast* «sie selbst in der Welt», denn bald verstand sie, dass dieses «selbst» Menschen vorbehalten war, die mehr Glück erfahren hatten, dass sie erst dann «sie selbst» werden würde, wenn sie sich auf jemanden oder etwas stützen konnte. Einen Mann. Eine Gemeinschaft. Ein klares System. In den Sechzigern und Siebzigern war sie politisch aktiv, stürzte sich in jede neue Bewegung, studierte, demonstrierte, experimentierte mit Drogen, trampte durch Europa, sang und spielte Gitarre in einer Folkband, kleidete sich in sanftes Lila, trug das dunkle Haar in wogenden Wellen bis zur Taille, nur fällt es mir schwer, ihr politisches Engagement als authentisch einzustufen, vielleicht, weil sie in ihren Analysen nie tiefer schürfte als «das war ein richtig dummer Krieg» (über den Vietnamkrieg), «die können doch nicht alles bestimmen!» (über den US-Imperialismus) oder «Abgase stinken» (über den Klimawandel). Sie hielt ihr Fähnlein in den Wind – aber nicht, weil sie faul war oder gefallen wollte, sondern weil sie nicht anders konnte. Er hatte ihr ein unentrinnbares Anpassungsstreben aufgezwungen, der Mann, dessen Kind sie gehütet hatte und der noch seinen Gürtel zurechtrückte, als er sie aus dem Haus jagte. Eine Minute später öffnete er die Tür erneut und warf ihre Jacke hinaus. Sich einfügen, verschmelzen, verschwinden; das oder den Verstand verlieren. Für viele, die ich Jahrzehnte später in der geschlossenen Psychiatrie in Stockholm traf, war der Wahnsinn offenbar die einzige Alternative gewesen, das *Gebrochensein*. Birgitte hatte es geschafft, sich anzupassen, bis ihre Haupteigenschaft in der Abwesenheit von Eigenschaften bestand. Kollektive Zusammenhänge waren wie für sie gemacht, und in den frühen Siebzigern fühlte sie sich wohl. «Wie ein Fisch im Wasser», sagte sie selbst. Wie der Fisch im Schwarm, dachte ich. In die von Leistungs- und Konkurrenzdruck geprägten Achtziger passte sie dagegen nicht. Ihr fehlte der «Individualismus», den die westliche Welt seither von uns erwartet. Die Vagheit ihres Charakters trat zutage, und ich glaube, man stempelte sie als durchschnittlich und farblos ab. Womöglich auch als uninteressant, ihr Umfeld erinnerte sich vermutlich kaum daran, ob sie an einer Veranstaltung oder Besprechung teilgenommen hatte. «War Birgitte auch auf der Party letzten Freitag?» Niemand wusste es, falls überhaupt jemand fragte. «Hat Birgitte gestern was beim Jour fixe gesagt?» Niemand erinnerte sich, vielleicht? «War sie überhaupt da?» Keine Antwort. Als die Gemeinschaften auseinanderstoben und alle in ihre individuellen Leben abtauchten, stand Birgitte allein da, unfähig, Initiative zu ergreifen, eigene Meinungen zu entwickeln. Ihr Streben, sich anzupassen, niemals anzuecken, vernichtete den Teil ihres Seins, der für einen individuellen Charakter vorgesehen war, mit eigenem Willen, Durchsetzungsvermögen, robustem Rückgrat. Stattdessen war da ihre Angst, flirrend vage, pochend, nagend, die einzige nach außen sichtbare Eigenschaft.

Nur die wenigsten, die befürchten, verrückt zu werden, werden verrückt, doch Birgitte glitt mit dreiundzwanzig in eine Psychose. Es war Ende der Sechziger, Anfang November, an dem Sonntag, an dem sie mich zur Welt brachte. Einige Stunden nach der ersten Wehe, im Allmänna sjukhus in Malmö, verschwanden meine Herztöne, und im Blick der Hebamme erkannte Birgitte Panik, echte Panik, die sie zwangsläufig als Vorzeichen einer weiteren Katastrophe deuten musste. Die Geburt dauerte zu lange, ich steckte dort drinnen fest. Mein Vater saß auf einem Hocker draußen im Flur und löste Kreuzworträtsel.

Ich sehe ihn vor mir, in Clogs und Jeans, am Revers des Cordjacketts einen NFB-Anstecker, Koteletten, schulterlange Haare, und als plötzlich das Krankenhauspersonal an ihm vorbeieilte, blickte er auf und versuchte zu begreifen, was vor sich ging. Nur drei Jahre später, bei der Entbindung meiner Schwester im Stockholmer Södersjukhuset, war er völlig selbstverständlich mit im Kreißsaal. Ich wurde mit einer Saugglocke auf die Welt geholt, und als ich endlich auf Birgittes Brust lag, schreiend, rot, bereits neugierig auf sie, bereits wütend auf sie, war sie weit weg, in sich selbst versunken. Auf der Entbindungsstation brütete sie stumm und schlaflos über dem Wahnsinn, der ausbrach, als wir nach Hause kamen, in die Wohnung in der Slottsgatan, die Angst bäumte sich auf, wurde manisch, fieberhaft. Birgitte ging mit dem Kinderwagen nach draußen und schrie Leute an, die angeblich starrten, oder zog drinnen die Vorhänge zu, lag stundenlang im Dunkeln, weinte und stand irgendwann auf, als wäre nichts gewesen. Mein Vater und ich lernten alles über Flaschennahrung, ausgiebige Spaziergänge und darüber, wie wir Birgitte zu einem Arzt locken konnten, der ihr Schlafmittel verschrieb. «Essen und schlafen», sagte der Arzt, mit dessen Sohn mein Vater den Wehrdienst abgeleistet hatte. Essen und schlafen sei das Einzige, was ihr helfe, Geborgenheit, Spaziergänge, eine verständnisvolle Umgebung. Nur eines müssten wir unbedingt vermeiden: die medizinische Versorgung, die Menschen in Birgittes Verfassung damals angeboten wurde, die «Nervenkliniken», denn wer einmal dort landete, kam nur schwer wieder hinaus. Nach einer dieser Untersuchungen winkte der Arzt meinen Vater zu sich. Ich schlief im Kinderwagen neben der Tür, Birgitte beugte sich zu mir herab, zupfte etwas zurecht. «Natürlich sollte sie nie mit dem Kind allein sein», sagte der Arzt. Ich stelle mir vor, wie die beiden Männer sie musterten, die wilde Mähne, das Halstuch im selben grellen Rot wie das Kleid, die hochhackigen Winterstiefel, die schmutzige Nagelhaut, die unter der Schminke zitternde Mimik. Winzige, jedoch unleugbare Anzeichen von Wahnsinn, als wäre Birgitte in ein fremdes Land hinabgestiegen und in dessen Nationaltracht gezwängt worden, und die meisten Bilder aus dieser Zeit (mein Vater ist Fotograf, die Kamera war stets mit dabei) kann ich anhand ihres Blicks, ihrer Nägel, ihrer sorgsam ausgewählten Kleider datieren. «Ah, *die* Zeit.» Der erste Winter, bevor wir umzogen und sich alles zum Guten wandte. Stundenlang strich mein Vater mir mit dem Finger über den Nasenrücken, damit ich mich beruhigte. Das Gitterbett stand vorm Badezimmer, das sich nachts in seine Dunkelkammer verwandelte, wo er Bilder entwickelte und vervielfältigte. Er arbeitete als Assistent eines bekannten Fotografen, der uns auch unsere Wohnung besorgt hatte. Birgitte schlief sich durch Nächte und Morgen, danach unternahmen wir Ausflüge, je nach ihrer Verfassung, meist gingen wir spazieren oder ins Café. Als sie sich besser fühlte, besuchten wir auch Bekannte, und nach einer Weile ließ sie zu, dass andere mich hochnahmen, vielleicht sogar mit mir den Raum verließen. Den Arm meines Vaters um die Schultern lernte sie, mit ihrer Angst umzugehen. Oder anders, vielleicht nicht «mit ihr umzugehen», eher sie «auszuhalten», sie «zu überleben», denn ihr Körper war noch immer angespannt, ihr Blick suchte die Umgebung nach potenziellen Katastrophen ab, Gläser, die zu nah an der Kante standen, ein Messer, das offen auf dem Tisch lag, eine glühende Zigarette in einem Aschenbecher, ein Spalt in jemandes Gartenhecke. Für Birgitte blieb die Welt ihr Leben lang ein gefährlicher Ort, für sie selbst und für alle anderen, ein ungeheuerlicher, für Menschen unbewohnbarer Ort. All die Risiken, die Zukunft, so viel konnte schiefgehen, Dinge konnten umfallen, zerbersten, Feuer fangen, hinter jeder Ecke lauerten Unfälle, Einbrüche, Zusammenstöße, Überschwemmungen, Fieberkrankheiten, der Untergang. Hauptaufgabe der Angst ist es, stets ein paar Schritte vorauszueilen und die Umgebung abzutasten, die potenzielle Katastrophe in der Theorie zu umrunden und abzuwehren, wieder und wieder, ein fortwährender Prozess, der eins wird mit dem Leben. Als ich klein war, fuhren wir manchmal mit einem gemieteten Motorboot in die Schären, und wenn ich Birgitte beobachtete, wie sie auf einem Felsen saß und das Gesicht in die Sonne hielt, merkte ich, dass sie die Augen nie länger als für wenige Sekunden schloss. Dann warf sie einen blinzelnden Kontrollblick in die Umgebung, sichtlich widerstrebend, unter Zwang. Nie durfte sie sich entspannen, immer musste sie diesen oder jenen Aspekt der Welt im Blick behalten, verhindern, dass er außer Kontrolle geriet. Vermutlich liegt darin die Crux für alle Ängstlichen; unser Dasein ist per se unkontrollierbar.

Birgitte blieb in der Unterwelt, doch in jenem ersten Winter kehrte sie um. Zwar war die Welt weiterhin eine Bühne für ihr Innerstes, doch die Schreie und Verrücktheiten verschwanden, der irrlichternde Blick, die schmutzigen, ständig in die Luft greifenden Finger, die paranoide Alarmbereitschaft gleich unter der Haut. Wir zogen nach Stockholm (mein Vater fing bei einer Zeitung an), und eine neue, mildere Zeit brach an, mit einer Tagesmutter, einem Beruf (Birgitte unterrichtete Schwedisch), Demonstrationen, Partys, Picknicks und Brennball im Hagaparken. Sehe ich Bilder von damals, kann ich sie sofort datieren, ich in einem Kinderwagen auf der Hamngatan, in den Händen ein Plakat mit der Aufschrift *Frieden!*, dahinter Birgitte, ungeschminkt in Wallehose und mit Rucksack, geborgen inmitten Gleichgesinnter, in die Kamera lächelnd. «Ah, *die* Zeit.» Wir wohnten in Solna, in der Kocksgatan, bei meiner Großmutter väterlicherseits in Jakobsberg, in einem Haus in Salem, auf der Hälsingegatan gegenüber dem Kronobergsparken und schließlich in Farsta, wo meine Schwester und ich in den Kindergarten kamen. Die ganze Familie besuchte Partys, auf denen hitzige Diskussionen geführt wurden, mein Vater verabscheute den sowjetischen und den chinesischen Kommunismus, worüber er jeden informierte, der ihm begegnete, auch und vielleicht vor allem Kommunisten, sodass er sich alle naselang in den Mittelpunkt von Wortgefechten manövrierte, die in den frühen Morgenstunden immer schärfer wurden. Nie war er still, er konnte nicht still sein, erst recht nicht, wenn es um den Kommunismus ging. Eine Ideologie, deren Umsetzung Menschenleben forderte, verdiene nichts als Verachtung, erklärte er und war entsetzt, wie viele auf ihrer Überzeugung beharrten, *obwohl* unzählige Menschen festgesetzt, mundtot gemacht, ermordet worden sind oder verhungert waren. In dem Punkt war mit ihm nicht zu diskutieren, je später die Nacht, desto vehementer vertrat er seinen Standpunkt, und mit größtem Vergnügen hebelte er das Argument aus, der Kommunismus sei *theoretisch* eine gute und folglich wertvolle Idee («eine schöne Brücke, aber sobald du drüberfährst, bricht sie ein»). Denke ich an meine Eltern zu dieser Zeit, erscheint mir folgendes Bild: mein Vater mit seiner schmuddeligen Maispfeife auf einem Sofa, in eine Diskussion mit mehr Menschen vertieft, als die meisten ertragen würden, allein und souverän, leidenschaftlich und politisch, und irgendwo Birgitte, ich muss sie suchen, weil sie mit dem Hintergrund verschmilzt, niemals würde sie die Stimme erheben und eine eigene Meinung vertreten, widersprechen oder sich trauen, wie mein Vater rebellisch unter Rebellen zu sein. Wenn sie sich ein seltenes Mal doch äußerte, stimmte sie meistens ihren Vorrednern zu, allzeit bereit, sich anders zu besinnen, wenn jemand überzeugendere Argumente lieferte, stets darauf bedacht, möglichst vage und vorsichtig zu formulieren, Deutungsspielräume zu eröffnen. Sie vermied es um jeden Preis anzuecken und in Konflikte zu geraten, und deshalb war ihr zuwider, dass mein Vater sich permanent dem Missfallen seines Umfelds aussetzte. Kaum hatte die Party begonnen und die Leute rauchten und aßen in der Küche, während meine Schwester und ich mit den anderen Kindern spielten, kaum kamen die ersten Weinflaschen auf den Tisch, boten die Ausführungen meines Vaters Unterhaltung. Er galt als scharfsinnig und umgänglich, hatte viele Anekdoten auf Lager und machte schöne Fotos. Doch später, wenn der Zigarettenqualm wie Nebel in den Zimmern hing und wir Kinder auf dem Fußboden oder in einem Bett Comics lasen, wenn Campari und Gin rausgeholt wurden und sich in der Abstellkammer die leeren Flaschen häuften, wurde die Tonlage schärfer. War er ein Konservativer, der Fotograf mit den Koteletten? Und dann, wiederum ein paar Stunden später, wenn meine Schwester und ich in dem fremden Bett eingeschlafen waren, warm nebeneinander und in der Gewissheit, dass Birgitte uns den ganzen Abend verstohlen, gleichwohl argusäugig beobachtet hatte, während die anderen Erwachsenen vor dem Bücherregal mit dem Schallplattenspieler mit hochgerissenen Armen getanzt hatten, saß mein Vater auf der Küchenbank und verteidigte seinen Standpunkt gegen den Hagelschauer aus Gegenargumenten. Heute sagt er, der Unfug, der damals gesagt und gedacht wurde, sei an Dummheit kaum zu überbieten gewesen. Er ist jetzt dreiundachtzig und immer noch links («was auch immer das dieser Tage heißt»), differenziert und gründlich in seinem Denken, und meint, die größte Veränderung, die wichtigste Errungenschaft jener Zeit, habe nicht in einzelnen Themen oder Parteipolitik bestanden, vielleicht nicht mal im Kampf an sich, sondern in einer Haltung, darin, wie die Menschen plötzlich miteinander redeten, dass er als Sohn einer alleinerziehenden Putzfrau mit Architektensöhnen und Lehrerinnentöchtern diskutieren konnte, dass er sich nicht entschuldigen musste, wenn sie einander beschimpften, dass sie auf Augenhöhe Raum und Zeit teilten. Regelmäßig erinnert er mich daran, wie meine Großmutter sich vor jedem Arztbesuch herausputzte oder die Treppe nahm, wenn ein Nachbar mit höherem Status auf den Aufzug wartete, und wie eigenartig ein solches Handeln heute für ihn oder für mich wäre. «Da hast du das Vermächtnis jener Zeit», sagte er, «die wahre Revolution.» Die meisten seiner alten Freunde sind dement oder verstorben, aber er debattiert weiter, mit sich selbst oder mit seiner Frau, die erst sechzig ist, er hat die *Times* und den *Economist* abonniert, hört sich Radiofeatures an, liest Bücher. Er lebt in einem kleinen Haus mit Garten in Rönninge und sagt, jeder Tag sei ein guter. Über Birgitte reden wir nicht mehr, aber er war der Mensch, dem sie sich schließlich öffnete, und wenige Wochen nach ihrer Beerdigung erzählte er mir von ihr, erzählte mir alles, was er über sie wusste, von ihren Katastrophen, den Dingen, die sie ihm anvertraut hatte. Sie waren seit fünfzehn Jahren geschieden, aber er weinte um ihr Leben, das gelebt und doch verschwendet worden war.

Laut wissenschaftlichen Artikeln wurde die Angst im Lauf der Evolution ein Teil von uns, weil wir von ihr profitierten. Sie ließ uns kontrollieren, ob das Feuer auch wirklich gelöscht war, ob die Kinder noch atmeten, sie beschützte uns, indem sie uns lehrte, uns selbst und einander zu beschützen. Die Selektion folgte einem simplen Muster: Die Steinzeitmenschen, die aus Angst vor Raubtieren stets zum Waldrand schielten, überlebten, während die sorglos zwischen den Bäumen Umherspazierenden gefressen wurden. Wir, die heute leben, sind sozusagen die Nachfahren unserer ängstlichen Voreltern. Wann immer ich Birgittes Grab auf dem Skogskyrkogården besuche, denke ich darüber nach, wie ihr Leben sich ohne die Angst gestaltet hätte, doch die Vorstellung scheint so absurd wie ein Tag ohne Wetter. Die Angst war eins mit ihr, ein Überlebensmechanismus, Schild und Schwäche bis zum letzten Atemzug, ein kleiner Defekt, der das Ruder übernommen hatte. Auf obskure Weise nehme ich die Angst an ihrem Grab deutlicher wahr, die ruhelosen Sorgen, die flüchtigen Seufzer, das unablässige Summen einer lautlosen Melodie, angepasst an die Temperatur ihrer Verfassung. Brachte ich Freundinnen mit nach Hause, tat ich, als wäre sie nicht da. Es war einfacher. So machten es die meisten aus meiner Klasse, auch ihre Eltern waren auf die eine oder andere Weise seltsam, Mütter, die nachmittags betrunken auf dem Sofa lagen und jeden ankeiften, der zur Tür hereinkam, die innerlich zerbrochen waren, die an ihrer Arbeit oder ihren aufsässigen Kindern zugrunde gingen, die bei Elternabenden weinten oder altmodisch wirkten und müffelten, Väter, die einem an den Haaren zogen, heimliche Familien hatten oder im Lauf eines Schulhalbjahrs erkrankten und starben. Damals, nach damaligem Maß, galt all das als normal, oder «normal», wie mein Vater mit affektierter Stimme sagen würde, weil er das Wort verabscheut. Vermutlich war es der erste Winter in Malmö, Birgitte war zu der Zeit alles, aber nicht «normal», der ihn zwang, seine Perspektive zu erweitern. Für seine Zeit besaß mein Vater einen breiten Horizont, er zuckte die Schultern, beugte sich gewissermaßen, schenkte mir Gehör. Er wertete selten und verurteilte nie. Meine Schwester und ich ließen unseren Teenagertrotz allein an ihm aus, weil er dasaß, die Pfeife im Mundwinkel, und bereit war zu diskutieren, zu tolerieren (Bisexualität, Alkohol), zu streiten (Haschisch, Schulschwänzen). Birgitte war woanders, in ihrem Innern, und wir brachten es nicht über uns, ihr wütend in die scheuen Augen zu blicken. Sie saß im Schlafzimmer, war mit irgendetwas beschäftigt und überließ die Konflikte meinem Vater, oder lag im Bett und las. Ich erinnere mich an *Der wunde Punkt: Die Kunst, nicht unglücklich zu sein*, ein beigefarbenes Taschenbuch, erst auf ihrem Nachttisch, dann in ihrem eigenen Fach im Bücherregal. Mein Vater bewunderte Tunström und auch Gunnar Ekelöf, dessen Gedichte er mir in die Hand drückte, sobald ich einen Buchstaben an den anderen reihen konnte. Außerdem: Graham Greene, Hemingway, Steinbeck, Eyvind Johnson, Lagerlöf, Bildbände und Ed McBain, in zwei Reihen hintereinander aufgestellt, dazu fast alles von Sven Lindqvist, den er vergötterte. Nachdem er *Tagebuch eines Liebhabers* gelesen hatte, gab er mir das Buch, für mich wurde es eine sprachliche Offenbarung. Ich war ein junger Teenager, am Vortag hatten wir gestritten, bis die Nachbarn an die Wand klopften, ich war wütend auf die ganze Welt, doch als ich am nächsten Tag zum Frühstück kam, lag das Buch auf meinem Platz, wie sich zeigen sollte als Dauerleihgabe, denn es steht noch heute in meinem Regal. Für meinen Vater war jeder Morgen ein Neuanfang, niemals verschleppte er eine Laune in den nächsten Tag. Das vollgestopfte, leidlich sortierte Bücherregal gehörte ihnen zusammen, bis zu dem Tag, als Birgitte ein Fach freiräumte für eine neue Art von Büchern, den Grundstein legte *Der wunde Punkt*, zwischen Yin-und-Yang-Buchstützen, die sie in einem Esoterikladen in der Drottninggatan gekauft hatte. Damit brach eine neue Ära an, im Bücherregal und in Birgitte, die Ära von Jung, Janov, Fromm, Astrologie, Magneten, Kristallen und Tarotkarten, und nichts schloss einander aus. Sie ging zur Traumdeutung und zur Ayurvedamassage, raspelte sich kleine Rohkostberge auf den Teller, während wir anderen zu Abend aßen, gab ein Vermögen für einen Mann aus, der eine an einer Schnur befestigte Kugel über ihrem Körper pendeln ließ und Fragen an ihre inneren Organe stellte, damit sie ihm Auskunft über ihre Beschwerden gaben. Ein Wochenende verbrachte sie auf Öland, eingepackt in Schlamm und Avocado. Sie fuhr nach Jylland und tanzte afrikanisch und befreiend, belegte einen Farbkurs und kleidete sich wochenlang in Gelb, ließ ihre Aura von einem durchreisenden Guru analysieren, trank chinesische, nach Heu riechende Pulvertrünke, konsultierte Medien und fuhr mir mit dem Mittelfinger in kleinen Kreisen über die Stirn, bevor ich morgens zur Schule ging. Niemals hätte ich gesagt, sie solle damit aufhören. Birgitte zufolge besaß ich die Veranlagung, überkritisch und sauertöpfisch zu sein, weil ich im Zeichen des Skorpions geboren war, und diese Prophetie wollte ich nicht freiwillig erfüllen. Sätze wie: «Dein Chakra ist unausgeglichen», oder «Montags hast du ein starkes Yin» fielen, ohne dass wir sie kommentierten. Birgitte hörte auf, Zeitung zu lesen, weil die Lektüre die wertvollen Energien der Morgenstunden sabotiere. Im Keller einer Bekannten krochen ihr stundenlang eigens importierte Schnecken über den Rücken, damit sie ihren Körper von nicht näher definierten Abfallprodukten reinigten. Sie fastete über Wochen, ging zum Einlauf-Yoga, machte Nasenspülungen mit Salzwasser und cremte meine rissigen Hände mit Kokosfett ein. «Alles, was du in einer Drogerie siehst, enthält Gift.» Fotos von damals kann ich leicht datieren. Wir sind auf dem Land, in einem gemieteten Ferienhaus auf Ingarö, es ist Frühherbst, Birgittes Haar ist buschig und mit Henna gefärbt, sie trägt eine Velourslederjacke mit Schulterpolstern und eine Kette mit Yin-und-Yang-Anhänger. Immer dieses Yin und Yang, nie hat mir jemand eine überzeugende Definition des Symbols geliefert. Ein knappes Jahrzehnt später fuhr ich mit dem Zug durch die Sowjetunion und die Mongolei nach Peking, und obwohl ich acht Monate durch Südostasien reiste, begegnete das Yin-und-Yang-Zeichen mir ausschließlich in Gestalt von Souvenirs, die an Touristinnen wie Birgitte verscherbelt wurden. Nach wochenlangem Früchtefasten sieht sie auf dem Bild anämisch aus. Der Sommer neigt sich dem Ende zu, bald verlassen wir das Ferienhaus auf Ingarö. «Okay, *die* Zeit», in der Bildmitte sitzt meine Schwester mit Gitarre im Arm in einem Sonnenstuhl, mein Vater steht daneben, in einer Hand den Selbstauslöser der Kamera, die er wohl auf der Fensterbank platziert hat, Birgittes Blick ist abwesend, entzieht sich. Vielleicht macht sie sich Sorgen wegen der anstehenden Heimfahrt, hoffentlich vergessen wir nichts, hoffentlich geraten wir in keinen Unfall, hoffentlich schnallen sich alle richtig an, hoffentlich finden wir zu Hause in der Stadt einen Parkplatz und bekommen kein Knöllchen. Ich bin im Hintergrund zu sehen, auf dem Weg aus dem Bild, mit schwarzen Stoffschuhen und einem dicken, zerfledderten Taschenbuch in der Hand, *Winter im Paradies*. Wem es gelingt, wie Lundell über die Natur zu schreiben, der muss nie wieder etwas für die Welt tun. Vielleicht sah Birgitte sich damals als «Suchende», vielleicht glaubte sie, sie hätte etwas gefunden. Irgendwann finden die meisten Suchenden etwas, denke ich, sofern die Suche wahrhaftig ist und dem aufrichtigen Willen entspringt, sich selbst zu sehen, hinter das vertraute Gesicht im Spiegel zu blicken. Ich bin vielen «Suchenden» begegnet, auch wenn sich nicht alle so bezeichnet hätten, und bin wohl selbst eine von ihnen, doch in Birgittes Fall war die Suche eine abwehrende Geste, eine Pose, ein neuer Weg, oberflächlich zu bleiben. Wobei ich mit «oberflächlich» nicht «banal» meine, sondern «unfähig», der Fähigkeit zur Authentizität beraubt. Birgitte trieb an der Oberfläche, wie alle Menschen mit ausgeprägter Angst, und war ständig damit beschäftigt, Gefahren vorherzusehen, zu prüfen, ob sich die Welt noch an ihrem Platz befand. Die Angst kettete sie an die Außenschicht des Daseins, und in der Hinsicht war sie vielleicht banal, wenn auch unter Zwang. Sich-Vertiefen bedeutet Kontrollverlust, die ständige Beobachtung von Zeit und Raum weicht dem freien Fall ins Selbst oder in jemand anders oder in eine der vielen Öffnungen des Daseins. Über solche Dinge sprach sie wohl mit dem Pfarrer, den sie eine Zeit lang traf, Lars-Åke, «ein wahrer Seelsorger, kann ich dir sagen». Birgitte sah keinen Widerspruch zwischen den zahlreichen disparaten Wirklichkeitstheorien, Gott, Jesus, dem Zodiakus, der Auralehre, den Kristallen, den Wahrsagerinnen und der Heilerde. Alles verschmolz miteinander, was funktioniert, funktioniert, fand Birgitte. Was Lars-Åke fand, weiß ich nicht, doch als wir uns vor ihrer Beerdigung zusammensetzten (die er auf ihren Wunsch übernahm), betrachtete er mich mit dem Blick eines Menschen, der Bescheid weiß, aber nichts sagen kann. Nachdem ich bei der Trauerfeier ein paar Worte gesagt hatte, legte er mir sehr freundlich die Hand auf die Schulter. «Abgesehen vom Aussehen», meinte er, und ich nickte, weil ich wusste, was als Nächstes kam, «ähneln Sie ihr nicht im Geringsten.»

Und das Ende? Besser als erwartet und trotzdem entsetzlich, während die Krankheit sie monatelang durch die Mangel drehte, bekam sie derart viele Benzodiazepine, dass ihr Blick ab mittags verwässert war, die Pupillen flossen auseinander, ihr Blick heftete sich für die nächsten Stunden an die Knubbel in der Tapete neben ihrem Bett. Ihr Partner (Petter, der letzte Mann in ihrem Leben) hielt ihr die Hand und sprach mit ihr, ohne dass sie ihm geantwortet hätte, was ihm jedoch nichts auszumachen schien. In den letzten Wochen ihres Lebens verschwanden die Sprache und dann das Augenlicht, die meiste Zeit lag sie da und murmelte leise, doch sobald sie meine Stimme hörte, bewegte sie eifrig die Hände. Vielleicht wollte sie mir etwas mitteilen. Dort an ihrem Bett dachte ich an all die Szenen der Weltliteratur und der Filmgeschichte, die dieser ähnelten, im letzten Moment gelingt es jemandem, sich zu öffnen und etwas Wichtiges zu sagen, vielleicht eine Erklärung oder ein «verzeih mir», ein paar versöhnliche Worte, doch der Ort, an dem ich mich befand, wurde nur selten geschildert, das Gefühl, dass alles zu spät, alles vergebens war, dass sich auch diese letzte Leere zwischen uns nicht formulieren, geschweige denn erklären ließ. Nichts wurde beigelegt, niemand sagte «verzeih mir», falls jemand «verzeih mir» hätte sagen sollen, und wenn ja, wer? Ich weiß es auch heute nicht. Bis zum Schluss hat sie so ängstlich geatmet, die Angst verließ ihren Körper zuletzt. Aber dann, ihr Lebensgefährte war gerade gegangen, um einer Krankenschwester mitzuteilen, dass es vorbei war, spürte ich, wie sie ganz nah an mir vorbeizog. Jetzt bleibt dir das alles erspart, dachte ich.

Mit Benzodiazepinen hatte Birgitte bereits Ende der Achtziger angefangen, kurz nach der Scheidung, als meine Schwester sie wegen Schlafstörungen zum Hausarzt schleifte. Vielleicht fand sie dort eine Antwort auf ihr Suchen, in der betäubenden Chemie. Die runden weißen Tabletten kamen in Hunderterpackungen und wurden schnell Birgittes Freunde. Später, als wir ihre Sachen zusammenpackten und ich den Badezimmerschrank ausräumte, stellte ich fest, dass die Rezepte von verschiedenen Ärzten stammten, dass Birgitte für Nachschub bis nach Norwegen gereist war. Ich sah vor mir, wie sie in den Sprechzimmern saß, ihren zerbrechlichen Charme, den scheuen Blick, wie sie beiläufig ein Medikament erwähnte, mit ihrer flehentlichen Stimme, die Männer schwach werden ließ. Birgitte wusste, dass sie nichts mehr brauchte, als *wahrhaftig beschützt* zu werden, und die meisten Männer, die sie traf, kamen diesem Wunsch im Rahmen ihrer Möglichkeiten bereitwillig nach. Kaum war die Scheidung durch, standen die Männer Schlange, die sie beschützen und lieben wollten, Junggesellen, Frischgeschiedene und häufig auch Liierte, neue Bekanntschaften, denen sie in Cafés und Kneipen begegnete oder bei Abendessen, zu denen ihre Freundinnen sie mitnahmen. Birgitte war vielleicht keine betörende Erscheinung mehr, doch ihr Wesen weckte nach wie vor den Instinkt der Männer, ihr zu helfen, sie zu stärken, zu führen, zu verstehen. Ich war von zu Hause ausgezogen und traf sie nur selten, aber meine Schwester wohnte noch bei ihr und erzählte mir von den Männern, die morgens in der Küche saßen und Dickmilch aßen oder spätabends mit einem Blumenstrauß auf der Matte standen. Birgitte konnte sich die Rosinen herauspicken, auch wenn sie es vermutlich anders empfand, und während manche Männer einen Monat blieben, machten sich andere zu nachtschlafender

Zeit aus dem Staub und ließen nur den Blumenstrauß in einer Vase auf dem Küchentisch zurück. Im Nachhinein mag es wie eine Machtposition erscheinen, Kavaliere an jedem Finger, doch natürlich knüpften die Männer ihren Schutz an Bedingungen. Ihr Wohlwollen enthielt Klauseln. Birgittes Angst wirkte mitunter so bizarr, so verrückt, psychotisch und primitiv, doch außerhalb der Familie, der Familie, die aus ihr, meinem Vater, meiner Schwester und mir bestand, zwang sie die Angst in ein Mittelmaß. Dieses lebenslange Unterfangen, ihrer Zerbrechlichkeit den Anschein von Normalität zu geben, war Birgittes schwierigste Aufgabe, die große Bedingung, um Liebe zu erfahren. Mit den Tabletten wurde alles leichter, sie wollte nicht mehr aufhören, *konnte* nicht mehr aufhören, und Petter, den sie ein Jahr nach der Scheidung bei einem Abendessen kennenlernte, sah nie die vollständigen Iris in Birgittes Augen, weder am ersten noch an einem anderen Abend, und dennoch vergötterte er sie. Auf Fotos von ihren gemeinsamen Reisen, meist nach Gran Canaria, lächelt Birgitte so mild in die Kamera. Ich vermute, sie hatten eine Pocketkamera mit Autofokus, eins dieser silbernen Modelle mit automatischem Zoom und Blitz, und wahrscheinlich baten sie Vorbeigehende, schnell ein Foto zu knipsen. Mal sitzen sie in einem Restaurant, mal stehen sie am Strand oder auf einer Klippe, das Meer im Hintergrund, und die Aufnahmen ähneln unzähligen anderen Schnappschüssen, die ich von diesen Orten gesehen habe, als entstammten sie einer kollektiven Strandurlaubsfantasie. Birgitte sieht ein wenig fülliger aus, ihr Haar ist gefärbt und hochgesteckt, und Petter steht oft schräg hinter ihr, allzeit bereit, sie aufzufangen, sollte sie fallen oder plötzlich die Kontrolle verlieren. Er war der beständigste ihrer Männer, finanziell unabhängig, nicht an Streit interessiert, mit erwachsenen Kindern und intaktem Haaransatz, die leicht lockigen Haare zum Bürstenschnitt gestutzt. Sie sprachen davon zu heiraten, doch dann kam der erste Krankheitsschub. Die Angst steigerte sich ins Unendliche, die Schachteln mit den weißen Freunden leerten sich immer schneller, und wenn ich sie besuchte, saß sie kerzengerade auf dem Sofa und weinte panisch. Das war ein halbes Jahr vor dem Jahrtausendwechsel, Birgitte war nicht mal fünfundfünfzig. Petter saß neben ihr und streichelte ihren Rücken, doch sie schien nichts davon zu merken. «Wir stehen das durch», sagte er, und ich war dankbar, dass er mit Birgitte ein «wir» sein wollte. Ich habe nie erlebt, dass sie Petter gegenüber ihre große Liebe bekundet hätte, doch sie bekam noch ein paar ruhige Jahre bis zum zweiten und letzten Schub, von Petter beschützt, hinter den Nebelschleiern ihrer weißen Freunde, wieder und trotz allem eine Überlebende.

Als meine Tochter zur Welt kam (Södersjukhuset, neunzehn Stunden, Sally durchtrennte die Nabelschnur) und Birgitte und Petter mich am nächsten Tag besuchten, schlief das Kind augenblicklich auf Birgittes Arm ein. Petter und ich unterhielten uns, sie waren gerade zurück von einer Reise entlang der spanischen Atlantikküste, doch Birgitte saß nur da, schweigend und reglos, und betrachtete das schlafende Mädchen. Sie hielt das erste Kind ihrer Tochter in den Armen, und vielleicht brachte ihr das eine Linderung, eine Verschnaufpause. Vielleicht rückte der Untergang eine Nasenlänge zurück, vielleicht fühlte es sich an, als hätte sie Halt gefunden, Boden unter den Füßen, einen Pfahl in die Zeit gestoßen. Meine Tochter hatte noch ein paar gemeinsame Jahre mit ihr, doch für meine Zwillingssöhne ist Birgitte ein Grabstein und ein Schwarz-Weiß-Foto in der Ecke meines Schlafzimmerspiegels. Jedes Jahr im November fahren wir mit Grablichtern zum Skogskyrkogården und treffen uns vor dem Eingang mit Sally (ihr Vater liegt dreihundert Meter entfernt begraben) und ihren Kindern, und während wir an den Gräbern entlanggehen, ziehen zu beiden Seiten die Jahre hinter ihren dünnen Kulissen vorbei. Aus dem Blickwinkel der Toten betrachtet, ist die Chronologie unbedeutend, es zählen nur die Details, die Verdichtung, das *Wie*, das *Was* und alles, was mit dem *Wer* zusammenhängt. Als ich jünger war, dachte ich, ich müsse häufiger und weiter reisen, fremde Länder besuchen, ständig in Bewegung sein, um mich wortwörtlich in die Welt hinauszubegeben und wahrhaftig zu leben, bis mir klar wurde, dass alles, was ich suchte, hier war, in mir, in den Dingen ringsum, in meinen Brotberufen, die mit der Zeit zu richtigen Berufen wurden, im Alltagstrott, in den Augen der Menschen, denen ich begegne, wenn ich den Blick nicht abwende. Nach dem Fieber schreibe ich wieder, mir ist, als würde endlich eine alte Wunde aufreißen und bluten, und wahrscheinlich wird das Puzzle unvollständig sein, Porträts von anderen – oder wer wird eigentlich porträtiert? Meist holt Sally an einem der Gräber eine Thermoskanne hervor, und dann prosten wir mit unseren Kaffeebechern den Gräbern um uns herum zu. «Bald ist es zu spät», sagt sie und reicht mir die Kanne. «Deshalb müssen wir unser Äußerstes geben.»

Die Rowohlt Verlage haben sich zu einer nachhaltigen Buchp
tion verpflichtet. Gemeinsam mit unseren Partnern und Liefe
setzen wir uns für eine klimaneutrale Buchproduktion ein, d
Erwerb von Klimazertifikaten zur Kompensation des CO_2-Aus
einschließt. www.klimaneutralerverlag.de

FSC
www.fsc.org
MIX
Papier | Fördert gute Waldnutzung
FSC® C083411